どんぶらこ

いとうせいこう

河出書房新社

目次

装丁　TAKAIYAMA inc.

どんぶらこ

どんぶらこ

どんぶらこ、どんぶらこ。

どんぶらこっこ、すっこっこ。

おじいさんは山へ柴刈りに、おばあさんは川へ洗濯に出たっちゅうけんど、あのでけえものはその間も水の上をゆらゆら揺れていたずらなあ。

何度でも流されるで、それは。

開《ひら》きゃあ命が尽きちまうでね。開かねえうちは夢の岸みてえなところにいられるで、繰り返し流れてる方がましせ。

中は真っ暗闇ずら。そこに人間がひとり、生まれてくる子供みてえに背中丸めて横になって、両手を頭の前へ合わせて祈るっちゅうか謝るっちゅうか、まあそういう形で目を閉じてるだよ。どーんと突き上げるものがあって、それは斜めになってな、ずるずると何かの上を越えようっちゅう動きがあって、回転するのがわかるじゃねえかい。

その人の入《へえ》った桃色のでっけえ物は樹脂で出来てるだか、へえ軽くて強えもんで水にぷかぷかと浮くだよ。

膝を抱えた人の体は短《みじけ》え繰り言でいっぺえさ。

なんでわしばっかりこんな目にあうずら。

空が白く冷えて光る季節だで、針で刺すほど冷《つめ》てえ水はゆっくり時間をかけて、貝の口みてえに閉じた樹脂の間《あいさ》からひたひたと凍《し》みていってな、しだいしだいに体の下へ溜まっていって、角度が変わる度《たんび》にぴちゃりと音を立てるじゃねえかい、Sちゃん。凍る寸前の水だけんど、どうしたもんずら、皮膚のまわりで氷にならずに動いて回るだ。温度のねえ体だに。

それはゆるゆると川を行くだよ。

どんぶらこ、どんぶらこ。

どんぶらこっこ、すっこっこ。

ほして、とうとうおばあさんが見つけたとしてごらんやれ。川がせばまって、瀬の速まったあたりでしぶきと一緒に岩へぶつかっちゃ浮き沈みしているのを、おばあさんは持ってた杖でようよう止めながら、もし家へ持って帰《けえ》ったらおじいさんがこう言うに違《ちげ》えねえと思うら。

なんずら、この不格好なでっけえ木の実は。外はいじけて凝り固まって、叩きゃ中は乾ききってるようだけんど、カラスの子供がからかって木から落としたのかもしれねえ。太《ふて》え枝先ですっかり乾いてたのを水に運ばれて、情けねえもんだに。こんな様子で次の一生を始めてなんになるだか、貧弱な命だで最初から始めなんでずっと死んでりゃ楽だったに。そこにゃ犬も猿も雉《きじ》もいねえで。どう見たって日本一じゃあねえだもんで。

おじいさんとは俺のことで、お前のためにこの話をじっと考えてるだでな。この国難に立ち向かう頭ん中にせ。俺はお前の父親だで。

よく親の年を忘れるで言っとくが、今年で八十三だぞやい。おかあさんも同じ年だでな。お前にちゃんと覚える気があるだかどうだか。俺たちは二人《ふたあり》で、東京の端っこにある高齢者住宅っちゅうやつに四年前、正しく言《い》やあ、平成二十四年の二月十日金曜の午後から住んでるだで。ほうずら？　もともとはゲント伯父《おい》さんの出してくれた金に助けられて千葉県に中古住宅を買って、それを四十歳《せえ》の夏に売って沿線の少し奥の新築一戸建てに移ったけんど、ローンを二十年かけて平成五年、六年？　いや五年だね、平成五年の四月末に払いきってまた二十年経つと、息子のお前に説得されて急に手放しちまうことになったわけせ。

家は買った時の半額にしかならなかったでな。しかも出来た金の半分を俺とおかあさんは今のマンションの敷金礼金、保証金引っ越し代、不動産屋への仲介費用に使っちまった。ほいで、残りを死ぬ時の準備のために貯金して、月々の年金とお前からの月々とも限らないわずかな仕送りで、つつましく暮らしてるわけせ。まあお前がドイツ語の翻訳稼業なんぞでそうそう稼げるはずもねえとわかっているから、これは決して文句じゃねえだでな、Sちゃん。俺はそういうつまらねえことを言う男じゃねえで。

お父さんの今の状態ではお互い遠くに住んでいるべきじゃない、僕の家の近くに越して欲しい、とお前はへえ偉そうにそう言って、千葉の市立病院に検査入院していた俺のベッドの上にパンフレットを投げただぞ。忘れもしねえ、平成二十三年の夏のことせ。表紙に白髪の夫婦のマンガがあって、その後ろのビルの絵の上の『サービス付き高齢者用住宅』っちゅう文字の「高齢者用」のところにルビが振ってあったな。年寄りが字を読めねえとでも思って馬鹿にしてただかな、ありゃ。

いずれ体が動かなくなったら、俺はおかあさんと二人《ふたあり》で老人ホームに入って静かに死んでいくつもりだったけんど、あの平成二十三年、ええっと、ほうさ、あの年の秋口にはまだ物忘れもひどくなかったし、むやみやたらな不安も水の中へ落とした墨みてえには広がってなかっただもんで、俺はお前にも馬鹿にされてると感じただぞやい。

その年の夏の終わり、八月二十三日火曜日のことせ。当時、東京近県の俺の家にも回覧板で節電の呼びかけが届いてたに。もちろん俺もおかあさんもクーラーのかからない不都合に愚痴を言うつもりは毛頭なかったでね。俺たちは災難を受け持つべきだと思ったし、今もそれは変わらねえだよ。ともかくその日、暑い昼をなんとかやり過ごした夕方の、岩から土から垣根から熱がむんむんと放射してる庭へ出て、俺はすっかり頭をもたげ出した植物にホースで水をやっただよ。おとうさんにとっても夕涼みになるら、とおかあさんが笑って言ったもんさ。

何年も水のすっかり涸《か》れたまんまの小さな池のまわりに俺はキキョウやサルビアを植えてたもんでそれへ水をやり、おかあさんの植えたニチニチ草、インパチェンス、アッツ桜、クチナシ、姫リンゴの木、千両の木、毎日風《めえんち》に揺れて開く夕顔、俺が竹で組んだ簡単なアーチにからみついて実を垂らすキュウリ、お前が小え頃《ちいせ》から青臭くて嫌いだっちゅうササギと、いつもの順番通りにホースを向けてたつもりが記憶はそこでぷっつり途絶えてるだよ。

おかあさんによると、何分倒れてたかわからねえそうだ。俺は小石が敷き詰められた狭くて浅いあの池にちょうどすっぽりはまるようにうつぶせになってたっちゅうでね。握りしめたまんまのホースから出る水が俺の体のまわりにじゃんじゃん注がれて池へ溜まって、まるでおとうさんを鯉にして放したようだったとおかあさんはあとでよくふざけたもんせ。

早く助けないと、おとうさんは自分の足のくるぶしより低い水位の池で水死しちまう。わたしはサンダルも履かずに飛び出した庭でおとうさん、おとうさんと大きな悲鳴をあげてね、意識を取り戻してもらおうとして、せめて体を仰向けにしなきゃいけないと腕を後ろから引っ張ったけんど、女の力でとても出来るもんじゃないで。その間も目をつぶったまま左側を向いたおとうさんの口に水が入り込み始めて、小さいあぶくが立ったじゃあ。へえ、もうわたしはぞっとして腰が抜けちまうかと思っただけんど、ここで自分が頑張らなきゃなんのために長い間おとうさんと暮らしてきたかわからなくなるじゃあ。裸足で庭の端へ行って、家と生け垣の間のあの道、ほれアケビの生《な》る狭いところを小走りになって玄関から道へ出ると、向かいの相馬さんのうちのチャイムを続けて押しただわ。幸い、相馬さんの奥さんは家にいてね。うちのおとうさんが庭で倒れて、とそこまで言っただけで相馬さんは救急車を呼ぼうとしてくれたけんど、その前に仰向けにしないと池の中で死んでしまうのでとわたしが叫んだで、やっぱり裸足のままで相馬さんの奥さんはもと来た順路でわたしのあとを走ってね、図体の大きなあの鯉が片方の鼻の穴まで水につかっている左側へ回って二人で腕をつかんで重い体を一生懸命にめくり上げて仰向けにしただよ。

そこで俺は目をほんの少し開けたっちゅうが、まるで記憶がねえ。どうやら二人《ふたあり》の救急隊員に容体を見られ、俺は二十分後に家から病院へ運ばれたっちゅうが。おかあさんは隊員が俺の様子を見ている間ずっと気が動転したままで、そのあと車に乗るのに何を持っていけばいいかわからねえもんで、俺の下着やらパジャマやら保険証の他に災害用携帯ラジオと、なぜかわからねえがそれまで大切だと思ったこともねえ、昭和四十年に俺とお前とおかあさんの三人で行った奈良旅行のおみやげ、Sちゃん、わかるかい、あの陶器で出来た翁《おきな》の小《ちい》せえ面をバッグの上へ詰め込んでたっちゅうわ。

そのあと、へえ、俺は毎日毎日《めえんちめえんち》血液を採り、尿を採り、MRIで脳の様子を撮っただけんど、倒れた原因は三人の医者の分析でもいっこうわからずじまいせえ。軽い梗塞が昔、脳で起こってたっちゅう事《こん》は判明しただが、ほいつは庭での意識不明には直接関係がねぇ痕跡だっちゅうで。

そのうち、血液にナトリウムが不足しがちで、ミネラルのアンバランスからくる熱中症の症状だったかもしれねえと言う医者があらわれてな。あの大森先生さ。その程度のことで突然意識不明になりますかと俺とおかあさんがかわるがわる聞くと、七十八歳でいらっしゃいますのでねと口を濁すような返答をしてな、その日以来《いれえ》他の医者も足並み揃えるように同じセリフを言うようになっただよ。七十代も後半になれば何が起こってもおかしくねえと。俺は原因をちっとも探し当てられねえ病院が信じられなくなってな。年寄りは自然と倒れて自然と記憶を失うっちゅうなら、医者も薬も要らねえら。

だけんど、お前はまだもう少し様子を見てえっちゅう医者の要求を受けて俺をそのまま入院させて、そのくせ見舞金をちょっとよこしただけであとの面倒は見てくれなんだだし、本当はおとうさんの体はどこも悪くないんだからとカルテも見ずにベッドの横で言ったことを、俺はおかあさんに病院の地下から買ってきてもらったノートで作った入院日誌に細かく記録してるから是非とも目を通してもらいてえ。ほして、日記をつけるのが長い習慣の俺が、他のほとんどの日記を捨てて引っ越して来たこともお前にはよくよくわかって欲しいで。結婚しておかあさんと暮らし始めてから途切らせずに続けた俺の毎日の記録《めえんち》、特に読み返すこともなかった走り書きの束だけんど、一日ずつ一日ずつ俺は書きとめただで。

その証拠を生ゴミみたいに放り出して来るのがどれほど切ねえもんだったか、わかって欲しいもんで。

お前が勧めた賃貸物件にはその時、空きがなかったじゃあ。それでも待ってりゃあ必ず連絡が来るし、誰よりも先に情報が来るように申込みしてあるとお前は電話で言ったら。待ってれば必ずと言うのは、建物の中でいずれ年寄りが亡くなるからっちゅう事《こん》だ。つまり俺たちもいずれそこで死ぬっちゅうわけせ。

いやいや、お前を責めてるわけじゃねえでな、Sちゃん。せめて自分の家の近くで死んでくれと言われるのは親としてありがてえ事《こん》だとおかあさんとも何度も話しただで。そうでなくても俺たちの命は尽きるだし、どっちかが残っちまった時のためにはお前の言う通り、近所に頼れる家族がいるのは心強《つえ》えで。

ただ、行き先の間取りは図面で見ると狭くて狭くて、とても一軒家の荷物が入りきるわけがねえで、俺とおかあさんはいずれ空く部屋へ行くために、ほれまで四十年以上住んでいた自分たちの家、まるでてめえの体と同じような家ん中で、へえ地層みてえに重なった物のほとんどを何ヶ月かで整理しなきゃならなかっただぞ。ほして結局、整理なんぞ七十八歳の二人組に出来るもんじゃねえわ、Sちゃん。頭の能力の上でも、体力としても、何より気持ちの話として俺たちは何を手放すかちっとも決められねえでいただよ。

越す先が空かねえのをいいことにして、俺たちは古い雑誌をまとめるくれえのこと以外何もしなんでいただ。ほいでぼんやりと部屋や庭や玄関や押し入れを眺めちゃ暮らしただうぇい。俺はしょっちゅうおかあさんがこう言ってたのを覚えてるせえ。

おとうさん、ほんとはここで死んだっていいでね。Sちゃんに迷惑かけたかないで、わたしも。こん年で引っ越して知らない町へ行くのは、おとうさんもおっかないら。お買い物から病院から何からわからないだで。相馬さんとももう会えなくなるでね。姉《ねえ》ちゃも言ってたけんど、家を移るのはへえ大変だで今度《こんだ》越す時は救急車で勝手に運んでってもらいたいって。だから、わたしは部屋が空かないうちに二人で倒れてあの世のおばあちゃんにお呼ばれ出来たらどんなにいいかと思ってるだえ。

だけんど平成二十三年十二月一日、雨の木曜日にお前からとうとう電話が来て、『サービス付き高齢者用住宅』に空きが出たと知らされただうぇい。その一週間前に急に解約があったっちゅうだけんど、その住宅じゃあサービスとして一日の間に水がちっとも使われねえ場合、モニター付きインターホンで様子を尋ねてくるっちゅうし、返事のねえ時は合鍵で常駐管理人が部屋に入《へえ》ってくるんだとお前は自分が監視でもしているように得意げに言い、ガスでも電気でもなく水なのは、台所でも風呂でもトイレでもなんの変化もないのは倒れているか死んでいるかしかないからだと電話の向こうで鼻息荒く話してなあ、にもかかわらず普通のマンションとたいして変わらない家賃なのが奇跡的だと付け足したもんせ。忘れてるらなあ、お前は。

リフォームを丁寧に済ませる都合で、翌年一月末から数週間の間に越して欲しいと不動産会社から言われている、とお前は俺たちの意見は特に聞くことなく言って電話を切った。これから新しい翻訳の打ち合わせがあるから、と独り言みてえにつぶやいて。ほんとは親に聞かせたかったずらな、自分にも仕事があるっちゅう事《こん》を。どうでえ?

その不動産会社に委託させれば、持ってる家の売却を仲介してくれる上、見積もりからあらかじめかかる新居の敷金礼金を引いてくれるっちゅう仕組みはすでに聞かされてただもんで、俺たちは連絡が来た以上、指定の日付までに家を出なきゃならなんだ。

俺とおかあさんだけじゃとうてい何も進まねえでな。俺は取っておいた新聞のチラシの番号にあわてて電話をかけ、なんでもお気軽にご相談下さいと宣伝をしてた便利屋を名乗る中年の男たち二人《ふたあり》にすべてを任せちまっただよ。忘れもしねえ平成二十三年十二月八日木曜日のことせ。やっぱり雨の降る日だったうぇい。

葛西っちゅう菜っ葉服を着たさもしいヒゲの自称上司と、三山っちゅう痩せぎすで派手な柄のシャツの両袖をまくった男が来ただよ。その朝から夕方までのことを思い出すと、胸の奥が冷たい風に吹かれて縮むようだし、血がすうっと薄くなる気がするうぇい。おかあさんはああいう人だから、その『カッパ便利センター』の男二人《ふたあり》が朝九時の約束だっちゅうに朝十時まで待たせても、玄関のチャイムが鳴ると明るい声を機械へ寄せて出して、ドアを開けに行っただよ。ほして、その途中におかあさんは手で白い髪をなでつけたもんせ。小さな頭を自分でもんでやるようだったわ。

リビングに入《へえ》ってきた葛西は俺たちに話すというより、家の中の家財道具全部に引導を渡すようにじろじろとまわりに目をやって、口を変にとんがらせて「お電話でご説明通りね、不用なものすべてをですね、わたくしどもで処分させていただいて、もしも何か価値が付くかもしれないなあと思われるものがあればね、十分な価格で買い取らせていただきますのでね」と不愉快な調子を付けてしゃべったもんさ。

三山の方はおかあさんの許可もなく食器棚に近づいて「開けますね」と言って、言った時にはもう開けててな、おかあさんが長い間大事にしていたコーヒーセットをカチャカチャ鳴らしたもんで、おかあさんは「それはうちの方で持って行きますので」と駆け寄って、

「こんなに何セットも要りますかあ?」と振り向きもせずに発声する三山の背中へ向かって「いくつか選んで向こうへまいります」と、心臓が悪いもんで両手で左胸を押さえながら答え、すぐに「今、選んじゃってくれます?」と返されて窮したような声で「はい」と言っただよ。

俺は俺でスライド式の本棚が惜しくて仕方なくてな。買った時、あれはそうさな、平成十年ずら、ほん時にサービスで苗字と名前のイニシャルを組み合わせて名札にしてもらってな、そいつを正面の上の方へ貼って気に入ってただが、越す先の部屋にはとても入り切らねえとお前が言っただもんで。俺は何度かお前が引き取らねえもんかと聞いたけんど、名札を理由に断られてね。剝がしゃいいじゃあと言うと、本棚自体の置き場がないとお前は感情なく答えたもんせ。へえ、俺は切なかったせえ。

その本棚を一瞬で自分の物にした連中はとっとと二階に上がって最初の部屋へ入《へぇ》ると、葛西の野郎が手慣れた仕草で簞笥《たんす》を開けて両手をつっこんで、たとう紙にくるまれたおかあさんの昔の晴れ着をさっと見て横へ放りやがった。「わざと価値のないもののように芝居しただえ」とおかあさんはのちのち、信州訛《なま》りを一層濃くして言ったうぇい。

だけんど晴れ着なんぞ着ていく場所は確かにもうねえに。おかあさんもずいぶん痩せちまって、もしも着るにしたって仕立て直すに面倒だでな。それにしても葛西が「この箪笥全部で、三千円ですね」と言ったのには、へえ肝が潰れたね。「箪笥全部？」とおかあさんが繰り返すと、葛西は言い終わらねえうちに「箪笥ごとですね」と言うだよ。おかあさんはよほど悔しかったじゃねえかや、立ってる俺の陰へ回って下を向いて黙っちまった。

ほとんどの物がどうせ新居にゃ持って行けねえだで。仕事の締切りがあるっちゅうお前に手伝いを頼むわけにいかず、俺とおかあさんは自分たち二人《ふたあり》だけで引っ越さなきゃならなかっただが、頭の中でどの荷物を新しい部屋のどこへ置くのかをうまく考えることが出来ねえもんで、へえすっかり混乱していただよ。おかあさんは今でも言ううぇい。あの便利屋はわたしたちのそういう弱みをのみ込んでたずら？

なぜお前はあの時、俺たちのそばにいてくれなかったらなあ。心配《しんぺえ》だから自分の家の近所に年寄り用の部屋を見つけたんだと言い、家を売ればそこで介護も受けられると言ったお前は、肝心の時には自分じゃ俺とおかあさんを守らなかったじゃねえけ。

玄関の横の駐車場に立てた物置を、三山が開けていたのを思い出すぞやい。中にはシャベルやゴザやどこで拾ったか建築資材の一部や、お前が小学生の頃集めていた蝶の標本、おかあさんが十何年前かに買い替えた鏡台の古い方なんかがぎっしり詰めてあった。俺はそん中でも、若い頃から少しずつ集めてきた趣味の釣竿が高く売れると踏んでただよ。十本くれえあるうち、ひとつはヘラブナ釣り専用の高えもので、労働組合の書記局にいた時期に先輩の兄貴が亡くなって譲ってもらっただで。おそらく売りゃあ十万はくだらねえぞと言われて大切にしてきたが、三山はそれが五百円もしねえと宣言しただよ。

おかあさんが嫁入り道具に持ってきた花瓶も絵皿も茶道具も二束三文になったでね。葛西はそのうちネックレスや指輪を無断で探し出して、これは幾ら、あれは幾らと値を言ったわ。越した先でもてえして場所をとらねえはずだもんで売る必要がねえだが、その時だけ三山までいつの間にか俺たちの後ろへ来ていて、この取引がなきゃ今までの物を全部置いていくっちゅうような変なことを言い出すもんで、おかあさんは売るのを断れなくなっちまってな。

作業の最後に葛西の野郎、「家全部の引き取り品、しめてお値段十五万三千円ですね」と言った。おかあさんは悲鳴を上げた。俺は値段を誰にちゅうわけでもなくつぶやいた。ほうすると葛西もまた繰り返した。十五万三千円。あんまりにも安かったでね。そんな値であるはずがねえで。へえ、せいせいだまされただな。だけんど査定っちゅうやつに逆らえねえでいるうち、荷物はどんどんとビニール紐をかけられて玄関へ運ばれていただよ。

葛西は有無を言わさない目つきになって「こちらですべての処分代も出しますんでね」と煙草臭い息を吐いたもんせ。その後ろを朝よりもっとぎょろぎょろと目を光らせた三山が、他にも何か獲物がねえかという顔で左右を見ながら横切ったのを俺はよく覚えてるで。

こうして年寄り二人《ふたあり》、ほれこそおじいさんとおばあさんの荷物は次々と段ボール箱に投げ入れられて、フタもされずゆらゆらと揺れながら運び出され、トラックへ乗せられた。ゴミみてえに裸のまんま運ばれる物も多くてねー。何十年も一緒だった道具のあれやこれやが位置をばらばらにされて価値がわからねえようにされ、まるで信頼出来ない人間の手に渡って移動し始めただよ。

ほして、じきにどこへともなく消えちまった。

どんぶらこっこ、どんぶらこ。

どんぶらこっこ、すっこっこ。

なぜ私がこんな目にあうのか。

私は五十一歳で自分がこんな母親に、そして娘になると思っていなかった。

S県の東北部にある小さな町で、私は生まれた。といっても町になったのはこの十年ほどのことで、市町村合併の折にたいした特産品もない私の村がある村会議員の集めた組織票の見返りとして、そしてまた高速道路を通すために山を幾つか売ったかわりに隣町の仲間に入れてもらった形で、つまりは零細農家が点々と田んぼを作る中に中小企業の工場が幾つかあり、坂の下の方に地主一族の大きな屋敷と彼らが経営するアパート群が並ぶような、典型的な田舎だった。

兄が一人いて、和雄と言った。生まれた時から右目に障碍があり、いつもまぶしそうにしていた。目が濁っているのをごまかしていたのだと思う。私は妹だからか家の奥で何度も目玉を見せられた。牛の乳を混ぜたような灰色をしていて、左目よりずっときれいだと思った。兄は三十過ぎまで父の農作業を手伝いながら母の熱中していた株式の取引を、教育のつもりもあったのだろう、電話で代行させられていたが、やがて山を下りて町に近い道路沿いにあるスナックの近くに独り住まいを始めると、田植えはもちろん土を作る時期や雑草を刈る夏の日にも現場へ来なくなったし、母のかわりの電話もしなくなった。

父に呼び出されて口喧嘩を繰り返すうち、兄は三十年前、一九八五年五月二十八日の夜、倉庫の入り口で言い合いを止めに入った母の肩を押して倒してしまい、精米機のハンドルに背中を打った母がうずくまって動かないのに動転したのか、近くの木槌やらハンマーやらを父の足に投げつけたまま行方が知れなくなったのだそうだ。

そうだ、と言うのは私がその場にいなかったからで、私は十九歳ですでに家を飛び出し、やがて東大阪市で公団住宅三階の西南角部屋に暮らすことになる和歌山県出身の夫と、天王寺にある彼の安アパートに同棲していた。そこそこ広い部屋だったのは彼の叔父が仲介の不動産業者に顔がきくからだと聞いていて、その建築業を営むよく日に焼けた叔父は御礼にと何度か個人的な金を借りに来たし、その都度私の耳元でこっそり気持ちの悪いことを言った。

兄が失踪した夜、私は一階にいる管理人夫婦の部屋に呼ばれて黒電話の受話器をとり、母から事情を聞いた。携帯電話が行き渡る十数年前のことだ。夫は私から事のあらましをまた聞きしたあと、顔さえ知らない兄の悪口を言った。無責任で軽はずみだというのだった。自分だって未成年の私に町で声をかけ、そのまま部屋に連れ込んで住まわせたというのに。

私たちにはなかなか子供が出来なかった。それが夫にとって都合のいいことだったかどうかはわからない。共働きをして少しずつ金を貯め、不妊治療の初歩を試した。生殖能力に関してはお前が悪い、と夫は言った。やがて自分にはよくないい過去があり、性的にはむしろ危険なほど正常だとまで言い出した。それでつかみあいの喧嘩になることもあった。

しかし治療開始から九年後の一九九二年。すでに病院通いなどとうにやめていた私が急に妊娠した。夫は他の男の子供ではないかと疑った。自分の仕事のスケジュール帳を眺めては、私の浮気の可能性を探った。性交渉の記録を夫が付けていることを、その時初めて知った。私は夫が勤めている玩具会社の受付の佐々木さんがくれた韓国茶を飲んでいたおかげかもしれない、ホルモンのバランスが変わったんじゃないかと言い、そこまで疑うなら遺伝子検査をするかと聞いた。佐々木さんという名前を聞くと夫はもうええわ、誰の子でも育てたるわ、と急にケロリとした顔で答えた。そして公団住宅への申し込みをしながら二人で出産を待った。

それからほぼ二十年。東北で大きな地震のあった年の二月、まさか育てた娘が十九歳で自分と同じように突然家を出るとは思っていなかったし、その三ヶ月後の五月二十八日、今度は夫が家に戻らなくなるとも想像していなかった。しかも夫が転がり込んでいるのは、かつて韓国茶をくれた佐々木さんの部屋らしかった。少なくとも娘の年の分と妊娠期間を合わせた分、夫は佐々木さんと交渉を持っていた。

私を萎えさせたのは何より五月二十八日という日付だった。それは兄が家を出た日だった。意味のない符合に当時も体の力が抜ける気がしたし、今も思い出す度に立っていられなくなり、座っていればその場で横になりたくなる。誰かにこの事実の詳細を話せばきっと、なぜそんなどうでもいい部分でつまらない作り話をするのかと考えるだろう。私だってそう思う。五月二十八日が五月二十八日であることになんの理由もない。そう理解する度、世界の軽々しさに嫌気がさし、偶然が無意味であることにがっかりし、現実が作り話にもならないことを受け入れられなくて気持ちが歪む。

夫が帰らなくなって二ヶ月もすると、会社からの給料が口座入金の数分後、カードであらかた下ろされるようになった。それを妨げる方法があるのかどうか私は知らなかったし、妨げるべきかどうかもわからなかった。乗り越えなければならないことが目の前に迫ると、私の感覚は途端に鈍った。そうでなければ、中学高校でことさら無視をされたり、聞こえよがしの陰口を言われることに耐えきれなかっただろう。私は変わり者の娘、片目の兄の妹だった。発育不全でぼんやりしていて、帰り道の林の中や屋敷の裏で男子生徒に体を触られてもすくんで動けない女だった。

娘に迷惑をかけたくなかったから真夏まで何も打ち明けず、ようやく携帯電話で事情を話した昼過ぎ、パパのことは心配せんでええでと私は何度も念押しした。娘は居酒屋のアルバイトで知りあった男の子と同棲を始めていた。かつての自分とよく似たその成り行きにも、力の抜ける思いがした。

自分の生活はそれまで通り、隣町にあるオフィスビル三階でのパートでやれるところまでやる。パパは優しい人やから貯金にまで手え出してえへん。あんたはその男の子と仲ようやってやと私は、自分の言葉が自分の言葉でない徒労感に吐き気をおぼえながら言った。娘は優しい気立てを見せ、ママこそ心配だと何度も言った。しかし肝心のボーイフレンドの名前も住所も教えてくれなかったし、仕送りをしなくていいとは決して言い出さなかった。

二〇一一年、二〇一二年、二〇一三年と、私はパートを増やして、なんのためかわからないまま一日中ひたすら働き続けた。毎月の家賃を遅れず払い、贅沢ひとつせずに暮らし、そしてなんの変化も展望もない日々に飽き飽きした。

そして去年、二〇一四年、変化の始まりが来る。

七十五歳になったばかりの母が倒れたのだった。五月二十五日のことだ。むしろ父の心臓こそが長い期間悪く、血管拡張剤などを服用しているのを知っていたから、しらせを聞いた私は虚をつかれた。母は家の台所で気を失い、食器棚の上から皿を取ろうと踏み台に乗りかけていたところだったため、より高い場所から崩れ落ちて右側頭部をシンクの角で打ったのだという。昼休みでたまたま父が居間にいたこと、さらに救急車が呼ばれ、他人の介抱などしたことのない父が母を揺さぶったりせずに茫然としていたらしいのは不幸中の幸いだった。

私は母の倒れた夜、父から携帯電話に連絡を受けて翌早朝から列車を乗りつぎ、雨の粒立つ大きな湖につながる川の支流の脇、軽く傾斜した草だらけの土地に建つ私たちの借家へ一時帰宅をした。三年ぶりのことだった。玄関の土間へ足を踏み入れると得体の知れない大木の根が転がっていて、奥の居間で父が飲めないはずの酒を飲んでいた。私の名前を呼んだ父は、なけなしの貯金を崩していくしかないと挨拶もそこそこに言った。昔から諦めばかり早い人だった。

救急車がうっかりいい病院へ行きよった、と父は言った。母は程度の高い救命措置を受け、そのまま精密検査を受けながらリハビリを兼ねて県立病院の三人部屋で一ヶ月間弱を過ごすことになるが、意識を回復するとすぐ、金がかかるはずだと萎縮して早くも退院の手段をろれつの回らない口で看護師に重ねて聞いたというし、誰より父が担当医に執拗に相談をした。しかし最も高い費用は最初の夜にかかってしまっていた。

私は高額医療の際の還付金の仕組みをまったく知らなかった。父がその説明を看護師から丁寧に受けていたにもかかわらず、私に伝え忘れたらしいのはずいぶんあとで知ったことで、私たちが経済的にすっかり困窮してからだ。母を退院させた日に私は受付でその説明を再びされたらしいのだが、先方はすでに父に詳細に話したと考えており、書類を渡して例の件はこちらですからと言っただけだった。ずいぶん経ってから私はふとその封筒を開け、制度を知ってあわててネットで調べると、急いで申請しようと奔走した。けれど、いずれにせよ届け出が受理されてから三ヶ月は金は戻らない決まりだった。つまり私たちの終わりにはとうてい間に合うものではなかった。

父は親から受け継いだ財産を減らしに減らしていた。特に和雄がいなくなってから農家仲間の中で度々もめて組織を飛び出し、代々住んでいた古い屋敷を売り払って土間のある家を借りると、そこで時に仕出屋、時に鶏卵販売所、時にコケ栽培の温室もどきを作ってはいずれも失敗して田畑を切り売りした。そのこと自体は夫がいる間、数年に一度ずつ娘の紀伊を連れてお盆に訪問を重ねていたからおおまかには呑み込んでいた。

けれど、両親に年金未払いの期間が生じており、そのせいで支給される額が二人で十万を超えないことは、私一人で帰郷して初めて知った。田舎だし、小川べりの斜面の上の木造一軒家だし、大家が遠縁だしで家賃は四万円弱で済んだが、それでも後期高齢者の介護保険やら医療費やらが財布から出ていき、確認してみると残りは寒々しいものだった。

母の糖尿病が軽かったのを以前は電話口で喜んだが、むしろ恨むべきだったということもわかった。十分な手当てがもらえる条件を母の病態は満たしておらず、通常の保険内で治療していたが治りははかばかしくなく、同じ医院に通う女性から健康食品通販を紹介されて、よくわからない漢方薬に彼らは月々そこその金を払っていたし、職業を変え続けた父の最後の仕事である木の根を使った家具販売は切り出す機械代、運搬費、それらにかかる石油代、またニスなど塗料の代金がかかり、何よりまったく売れていなかった。

数日で事態の深刻さを、まるで日が落ちていく時に影が濃くなっていくみたいに体感した私だったけれど、東大阪の公団住宅にいったん戻り、準備が出来次第、本格的に実家に帰ることにした。私以外の誰も老いた親の面倒を看《み》ないのだから、そうする他ないのだった。いつかはそうなるかもしれないとは予感していたが、本当のこととなってみるとむしろ現実味が遠くなった。わずか三日後の引っ越しには仕事仲間の車を使い、餞別も遠慮なく受け取った。ありがたいことに母は気丈夫で、後遺症のために曲がった口から私への御礼がしっかりと出たし、ベッドから積極的に降りて私と病院の廊下を歩こうとした。

けれど、母の脳が本当に治るまでには長い時間がかかることが、背の低い女性看護師から私に伝えられた。同時に、全国の病院のほとんどが一ヶ月以上は患者を置いておかない方針であることを私は知らされた。ゆっくり押して行こうと思った車椅子が崖から母ごと落ちてしまう気がした。

いっそのこと介護福祉士の資格を取って、地域に多い老人たちのデイケアなどしながら生きていこうと荷造りを進める公団住宅のトイレの中で思いつき、それが西日の明るい日だったこともあって素晴らしい展望であるように感じた。

段ボール箱だらけの薄暗い自分の部屋へ戻ってまだ残っていた夫のベッドの上に腰をかけ、携帯電話を取り出してネットで調べてみると、どうやら介護職員初任者研修というものから始めなければならないとわかった。通信教育を受け、十六日間通学し、その資格を取って三年以上ヘルパーを経験しなければ、さらに上の福祉士の国家試験は受けられなかった。私は顔を上げ、日がまぶしいと思った。目標までが遠かった。当たり前のことだった。

たったそれだけのことがわかるのに二時間以上かかっていた。私はパートの後輩に学習障害ではないかと言われていたことを思い出した。モニターの中で数字を機械的に打ち込み直すことは得意でも、表を読んだり法律用語をたどったり事柄を時系列通り並べるのが苦手だった。古い小説に出てくるような難しい単語は知っている方だったが、簡単な算数によく立ち往生した。

　部屋が暗くなってもなお、私は幾つかのホームページの解説をたどたどしく追った。介護職全体が翌年から余計不安定になるという予測に出会って、私は急にまたおかしな夢の中にいる気がした。介護の仕事をすると生活が苦しくなるという順番が呑み込めなかった。私は自分がはまり込んでいる夢の仕事が自分のものでなく誰かが見ているもので、その誰かがわからないように思った。

　実家へ帰った翌早朝、父の軽トラックを自分で運転して、三十分かけて山間地を抜けると、一番近くのコンビニまでたどり着いて、ガラスに貼り出されたレジのパートの時給額を見た。冬の風の冷たい舌が首の後ろをなめた。

　自分の働ける時間は短かった。家に戻した母に食事を与え、トイレに連れて行き、風呂に入れることなど、父に出来るとは思えなかった。父は食器を洗ったこともなく、掃除もしたことがない人間だった。その短い時間で両親と自分の生活費を稼ぐ方法などあるだろうか。

風俗産業が雇ってくれる年齢でも容姿でもない。私は髪が薄く、いかり肩で痩せぎすで鼻が低かった。東大阪で慣れ親しんだパソコンでの例のパートがあればまだしもなのだが、と田んぼと高速道路の造りかけの橋脚に目をやりながら思った。モニターの上部に右から左へ数字が出てくるのを、ひとつも間違えずに下方の窓の中へ引き写すように打っていく仕事。打ち込んだ数字の数だけまた上部に数字は出る。その単純作業が何に役立つのかさえ私はパートの現場で知ろうとしなかったし、興味もなかった。ただ自分がそれをするのに向いていることだけは確かで、他の人よりも明らかに多くの数字を写すことが出来た上、長い時間モニターの前で集中出来た。

対向車の来ない道で信号に何度か止められ、ハンドルを強く握りながら私はこうも思っていた。コンビニのレジであれなんであれ、実家に越してきてしまった私はもう他の生き方に戻れない。親の介護を始めざるを得なくなった私が、やがてそこから解放されるまで十年はかかるだろう。すべてが終わった頃、自分はとうに還暦を過ぎていて、異性と暮らし直す勇気も気力もなく相手にもされず、そもそも現在の婚姻が破綻していることの申し出をわざわざ裁判所に申し出る気にもならず、夫がなぜ籍を抜かないのかの理由もわからないまま、過疎の村の小川の脇にある借家の中で一人うずくまるように息をして過ごすのではないか。

やがて来るその時間が恐ろしかった。自分の乗った軽トラックが、山間を抜ける道路から外れて狭い道に入りこんでしまっているのがわかった。空は曇り始めており、周囲の杉の木の端がことごとく黒くなっていた。バックミラーに遠い湖のふちがぐるりとネオンで輝く様子を認めると、自分が急激に小さな丸い暗がりに閉じこめられていき、その暗がりごと漂流し始めるのがわかった。まるで夜の川を落ちる枯れて曲がった葉みたいだった。

どんぶらこ、どんぶらこ。

どんぶらこっこ、すっこっこ。


漂流どころではなかった。

父は私が実家に帰ってからたった二週間のうちに、母のために支払うはずだった医療費数十万円を、昼間に戸別訪問してきた布団屋を名乗る男にそのまま、家の奥の押し入れから出して渡してしまったというのだった。

父が同じ事柄について何度も質問をするのには気づいていたが、認知症の疑いへの認識が、家族だからこそ鈍った。父はもとからそんな人間だったと私はたかをくくっていた。

その忘れがたい日の昼過ぎ、軽トラックで付近のデイケアセンターの面接をふたつ回って帰った私に、父は激しく怒鳴られた。初めきょとんとしていた父はじきに私の倍以上の声で怒り始めた。ええ布団でおかあさんを迎えてやるんや、奥の部屋で見て来い、もう敷いといたった、あんなんに寝とったら病気なんか二日で治る。しかし父はやがて自分がしでかしたことの是非がわかったのか、やにわに居間のカーペットに膝をついて泣き出した。

こたつの上には無造作に領収証が置かれていた。三十三万円也と殴り書きがあり、会社の名前と住所と電話番号があった。父の話と押し入れで見た札束の数と書かれた金額がすべて違った。どうせ何もかも嘘なのだとわかっていたが、私は改めて父に金額を確認し、すぐに領収書に記された番号へ電話をかけた。この電話は使われていないと何度も言われた。ＮＴＴにかけ、住所を言ってもらちがあかなかった。その場所に彼らがいないことをはっきりと知っているのに、あたかもいないことが不思議であるかのようにＮＴＴの担当者を追及している自分が、自分自身から剝がれてゆく誰かだと感じた。

私はまた例の番号へ直接かけ、電子音で出来た人の声が現在使われておりませんと漏れ出てくるのを父の耳に押しつけた。父はまたいらついて舌打ちし、それから何か思いついて神様からの伝言でも聞くように受話器にすがりついて向こうの音に集中すると、はい？

と繰り返した。解けないパズルを解いているような真剣な顔で父は何度も首をかしげた。事情の呑み込みの悪くなった老いのせいだと思った。老いると人は愚かだった。

ただ、その愚かな人間がわずかな隙を見せれば、情報はどこまでも行き渡って詐欺師がわいて出る。母が倒れ、父の判断力が衰えていることは病院からかどこからか、すっかり出回って知られているのだと思った。

私は笑い出していた。人の暮らしはこんなに素早く簡単に追いつめられてしまうものか。けれど、受話器についた脂を長袖セーターの袖でぬぐっている父の首の尖った骨を見下ろしていると、じきに苦々しく粘る暗い色が私の体に満ちた。

やがて父は急に晴々とした顔で私を見上げた。美智、親鸞《しんらん》の鸞て字はどう書くんやったかな？　痩せこけた頬の中で、言葉は少しふやけて聞こえた。何を言っているのかと思った。こたつの上の領収書にその字に限りなく近い誤字が何パターンも、ボールペンで小さく書かれてあった。父の震える字だった。糸があり、言があり、また糸があり、島があった。示があり、言があり、示すがあり、鳥があった。見れば、領収書以外に何枚ものメモ用紙が散らばっていて、そこに親鸞の出来損ないが散り散りに残されていた。

中の一枚にだけ、父の字でないものがあり、それが布団屋を名乗った男の書いたものとわかった。上手な字で親鸞、とあった。熱心な信者でもなければ、簡単に思い出せる文字ではないように思った。男の意外な知性を奇妙に感じると、少しだけ気が晴れた。金を奪われたことが何か善いことの前兆であるような気がした。その紙が輝き出すようにさえ感じられた。しかしすぐに私は携帯電話を使ったのだとわかった。父に問われるまま、男はその字を打ち変換して教え、つかの間の信頼を得ただけだ。父の信頼、そして私の信頼を。

薄暗くなった部屋の中で父の横に正座をし、男が残した文字に顔を近づけては、それを新しいメモ用紙の上でなぞった。親鸞と書き終えると、父は鶯《うぐいす》色の目ヤニをためた目を丸くして驚き、そやったと言って自分も近くの使用済みのメモに鸞だけ書いた。すまんミッちゃん、どうしても思い出せんで困っとったんやと父は言い、おかあさんのために経を上げとるうちに人が来て、それはなんのお経ですのと言うから、シンランさんのと答えると、誰ですのシンランさんて、シンランさんはシンランさんやないかと言うとるうちに部屋に上がり込んできて、わしはいつの間にか押し入れから金を持ってきて渡しとった、すまんかった、なんや知らん、だまされてもうたと父はまた泣き出した。それは詐欺師が誘った夢からようやく目の覚めた父の、私に対するごまかしの芝居だった。

数日、父はきわめて正常に生活をし、長年取っていた新聞を電話で断り、木の根の伐り出しを頼んでいた業者にも断りの連絡をして家計に貢献した。ただ、その間も何度か親鸞の鸞はどう書くのか私に聞くことがあり、失った金を押し入れの中で確かめてはこちらを疑うそぶりをすることがあった。私は預金通帳や印鑑のありかを入院中の母からなんとか聞き出し、持ち歩いて肌身から離さないようにした。だがそれでも家を出て仕事を探すのが心配だった。残してきた父が何をしでかすかわからず、帰ったら家ごと失っているのではないかと私は不安になった。

母を家に引き取る日の朝早く、私は父を車で四十分かかる山の向こうの老人ホームに連れていった。いずれはもっと待遇もよくコストの安い特別養護老人ホームに空きを見つけ、預金口座にある残りの金の何割かを頭金に使ってそこに入所するべきだと私はほぼ機械的に考えたが、父本人はその計画を耳にした途端に怒りをあらわにした。男がたたへんと言うのだった。自分は家長であり、まだ働いて家族を養えると父は考えていた。近所に恥ずかしい、と近所のつきあいなどとうに切れている父は言った。

恥ずかしいのは認知症の疑いのある父の方だった。特養なりホームなりに父を入れてしまいたかったのは、近所の知り合いに父の現在の姿を見せたくなかったからだ。

けれども、母のリハビリを家の中で続けるとなれば、何をするかわからない父の存在はどうしたって負担だった。そこで私は、じゃあほんの三日だけ、おかあさんの帰宅のもろもろが終わるまで、その日数だけ泊まりのケアに行っといてもらえへんやろかと聞いてみた。怒り出しそうな顔になる父に、ホテルより安いし体の悪いところも治してくれるそうやしと重ねて言うと、おお三日ならええでと拍子抜けするほどあっさりと受け入れてくれた。ありがとう、と言いながら早くも父がホームから帰ってきた時の重荷を私は想像しており、重力が数倍になるような倦怠感に襲われた。

父をホームに届けた足で私は一度家へ戻ってタクシーを呼び、県立病院に向かって入れ替わりに母を家に戻した。その間中ずっと、ワニと人間と犬だか何かをたったひとつの小舟で二種類ずつ向こう岸に渡すとかいうクイズに似ていると思った。順番を間違えるとどちらかの岸で何かが食われて死んでしまうのだが、果たしてそれが何と何だったか思い出せなかった。

私とタクシーの運転手が庭から車椅子ごと母を廊下へ移すと、親切な運転手は車輪を雑巾でよく拭いてくれた。その間、母はせわしなく家の様子を見、自分がいない間にどれくらい部屋が荒れたかを確かめ、お父さん出てきはらへんねえと硬い笑顔を作って何度となく言った。母は他人の目を気にしていて、本当は父の行方が最大の興味であるにもかかわらず、娘である私に問いただそうとしなかった。そして運転手が去って私一人になると、途端にお父さん倒れたんか?と低い声で聞いた。私は老人ホームやと短く答えた。なんで?　父さん元気やろ、なんでホームに?と母はろれつの回らない口で私を責めた。こちらから説明が出来ないほど質問が矢継ぎ早なのに耐えていたが、私はやがて急激に頭が沸騰するような感じになり、あんたらが年取って使い物《もん》にならんからやろ、と部屋の畳の下に広がっている石だらけの大地に叩きつけるように叫んだ。母はなんや美智、その態度はと言い返し、私はだったら自分で迎えに行ったらええやないかと言い、母さん出来もせんと何えらそうにと喉を嗄《か》らし、母にアホと言われ、人非人《にんぴにん》と繰り返され、車椅子の上から体をぶたれた。

あたりはまたすっかり暗くなっていた。傾斜した細い道に沿って、小川が流れていた。その水の音が言い合いの間に耳へ届くのが私にはせめてもの救いだった。人の声は自分の声を含めて相手に応答を求める分醜かった。

私は母と自分が地の底へ沈むと思った。

どんぶらこっこ、すっこっこ。

Sちゃん、俺はこうして隅々までじいっと考えていただでな。お前がこの二月の節分にうちへ来た午後、テーブルの上の新聞で見つけて夢中になってたあの事件についてせ。真冬だっちゅうに人が川へ流されちまった話があったじゃあ。思《おも》や、ここ二十日間ばかり俺はずっと考《かんげ》えてたじゃねえかな。おかあさんもそうずら。俺たちはお前のことばかり思って暮らしてるで、お前が気になると言い出しゃあ、俺もおかあさんも気になるでな。何があったんだろうっちゅうもんで、俺は必死にああじゃねえか、こうじゃねえかとベッドへ横になりながら頭をひねっただうぇい。

ああ、ほうさ、そりゃお前の事《こん》より腹が気になるのは本当さ。だけんど俺が隅々まで話を考《かんげ》えたことに変わりはねえでな。まあ、ほうやって揚げ足を取るのがうめえのは誰に似たずら。ゲント伯父《おい》さんけ、ケンスケ伯父《おい》さんけ。どっちにしろ、俺の血じゃあねえわ。どうにも腹が痛くてたまらなくなったのは、俺とおかあさんがお前の言う通り東京へ越した年の秋口からずらな。ほじゃあ、平成二十四年の十月のことだうぇい。新しい日記で確かめてえが俺はもうこの車で搬送されていて、あの部屋にゃあ二度と戻れねえと思うで。このまんま俺は死ぬだでね。

俺はあの頃から毎日毎日《めえんちめえんち》、腹の調子に首を傾げて、考《かん》えりゃ《げ》三年も休まず苦しんできただぞ。つれえ事《こん》さ。出ねえだよ、ウンコが出ねえし、ションベンも出ねえ。出るもんが出ねえと、へえ切なくてな。おまけに腹が冷えて、冷えると風邪をひいちまったように背中が寒くなるもんで、おかあさんに言ってホッカイロを背中とヘソの上へ貼るだが胸のあたりもヒヤリとするで、そこにも何枚も何枚も貼ってね。ほうすると今度《こんだ》は首から上が熱くて、タオルで汗を拭くほどになるけんど、ほれで服を脱いでもいけねえのさ。腰のあたりはまだジンジン凍ってるだで。俺はあっちもこっちも気になって、少しも安心出来ねえだよ。

何日か便が出ないなんて当たり前だとお前はたまにしか様子を見に来ねえくせに、その度《たんび》に叱るように言うけんど、俺の便は何日に一度か出てもとても満足出来る量じゃねえで。昼にも夕方にも夜に薬を飲んで寝る前にもモゾモゾと腹の奥に便意があって、腸が張って痛んできて漏れそうになって、だけんど便所へ行っても何も出てこねえだ。お前にその気持ちの悪さはわからねえらな。いてもたってもいられねえだよ。

俺はずっと快便だった男だで、Sちゃん。七十を越えるくれえまで、ずっと俺はウンコにもションベンにも悩んだことはねえで。少し出るくれえじゃあ気分が悪いだよ。お前の言う通りここへ移って半年後っから巡回の黒瀬先生に頼んでもっと強《つえ》え下剤、もっと強《つえ》え下剤と三年ばかりかけて順々に出してもらって、それでも出ねえもんは出ねえっちゅうことを朝早くから誰かに訴えたくてカーテンの隙間が明るく光ってくるまで待って、おかあさんを起こしてなだめられて朝飯を少しだけ食って一緒に病院へ行ってもらって、もうこれ以上薬は出せねえと言うところを食い下がってそれでなんとか漢方薬を足してもらったもんだけんど、ほれでもとても間に合わなかったで。

へえ不愉快で不愉快で体力も気力も芋をするように削られちまって、俺はそれで自分の部屋を暗くしたままベッドから出られなくなったわけせ。リビングにも行かねえ。ずっと布団かぶって寝てるだもんで。ほうすると毎日《めえんち》少しずつやせるで入れ歯とあごがずれてきて、何を噛んでも歯ぐきにあたって痛くてしかたねえで、余計に食べねえら。ほれでまたやせるじゃあ。

食欲がねえと言うとお前は運動しろと必ず言うけんど、痛くて食べられねえだし、運動なんぞすると腹が動き出して痛くて仕方ねえ。どうしていいかおかあさんに一日中何度も何度も聞いちまうだが、わたしにもわからないでねとおかあさんは悲しそうに言うばかりでな、あんまりおんなじことを俺が言ってるもんで夕方にはむっつり黙り込んじまうだ。

お前にもさんざ叱られたでわかってるだよ。おかあさんも色々と忙しいで、買い物もしなきゃならねえし、じっと一日俺のウンコのことを聞いちゃいられねえずら。けんど言わずにゃあいられねえだよ。今は狭《せめ》えで、ひと部屋とリビングしかねえで、俺が寝室に寝ておかあさんがリビングのソファベッドで寝てるだが、その二部屋しかねえでな。俺にもおかあさんにも逃げ場がねえで。そりゃわかってるけんど、俺だってつれえだよ。

Sちゃん、そりゃ三日か四日に一度ならウンコも出るだし、ションベンだって日に二、三度は出るせ。ほら見ろ気にし過ぎだ、とお前は俺を気のおかしい人間を蔑むような目で見たもんだが、俺のウンコなんか白い便器の水の中へポトンと寂しい音で落ちるような、鼠のクソみてえなもんだでな。

水がはねて尻に当たるもんで俺は出たことがうれしくなって必死でバランスを取って壁に手をついて半分立ち上って便壺を覗くだが、それがプルーンの実ほどもねえ黒いウンコさ。それがまたどうしたもんだか水に浮いて澄ましたような様子でプカプカしてるだで。俺は腹の中にまだ山ほど放《ひ》りてえものを抱えてるもんで腹が立ってスイッチをひねって便器へ大水を流してその木の実みてえな野郎を下水道へ送りこんでやるだが、これがまた浮いてるばっかりでなかなか吸い込まれていかねえでな、釣りのウキみてえな動きで、Sちゃん、便壺じゅうを逃げ回るだよ。
どんぶらこ、どんぶらこ。
どんぶらこっこ、すっこっこ、とほりゃあノンキなもんせ。

父は救急車の中でなぜかじっと私を見ていた。彼の足元の簡易座席に母と並んで座っている私を。老いた鳥の羽根のように空気をふくんで広がった白髪だらけの小さな頭をして、マスクをした救急隊員に脈を取られながら目を細めて。

父の正確さを好む年月日の補足で言えば、平成二十五年二月二十五日の午後十時半。出動記録を調べればもっと詳しい数字が載っているだろう。

ピーポーピーポーとサイレンは鳴っていて、夜の街へと父が通りゆくことを告げていた。運転席の方へ目をやると、ちょうど仕切りのカーテンを開けて救急隊員同士がしゃべっているところで、前方を走る車のバックライト、対向車のヘッドライト、信号やネオンサインが赤く白く輝いて見え、救急車がその中を蛇行するのがわかった。

話を終えた救急隊員と同じように父を油断なく見下ろすのは、ケアマネージャーが立てた計画に沿って巡回診療を続けてくれていた黒瀬医師でまんまるに膨れた腹が目立っており、まるで臨月の中年男を緊急搬送しているようにも錯覚されるほどだった。

父は意識を失った。

少なくとも部屋では何度か私の腕の中で体を硬直させ、喉の奥からわけのわからない音を漏らした。

その父を運ぶ白いピカピカの救急車が、止まっては走り、走っては止まり、車線を度々変えながら移動した。

母は下を向き、床をにらんでいた。私には母の声が聴こえるようだった。

なぜおとうさんはこんな目にあわなきゃならないずら、こんなに何度も何度も。

その間、父はなお何かを語りかけるように私を見つめ続けていた。

どんぶらこ、どんぶらこ。

あの時そう言ったのではないか、と不意に思った。確かにベッドの上で、父はその言葉を呻いたような気がした。揺らぐ意識の中で目をかっと開いた父が唱えた呪文めいたものは、その場にそぐわない陽気な調子を持っていた。まるで執着から離れるための万能の歌のような。

どんぶらこっこ、すっこっこ。

途中の砂利道で、軽トラックは左右に揺れた。母の退院の翌日、七夕の日の午前十時。三日間の宿泊コースを終えた父を私は泥まみれの車で四十分かけて引き取りに行ったのだった。

私は童謡みたいなものの一部をリズムをつけてつぶやきながら道を抜けて国道へ出たが、すぐに黙った。浮かれた気分がどこから来たのか、自分でもわからなかった。

ホームに着いて父の名前を告げると、まだ寝ていると突っぱねられた。早起きの父には珍しいことだった。母が倒れてからの一ヶ月、うまく眠れていなかったのかもしれなかった。

起こしてもらえますかと尋ねると、係の痩せ細った若い男の子が、起きたら連絡しますからと私の携帯電話の番号を聞こうとした。いったん帰ると予定が狂うのでと答え、家には脳梗塞のあとの母がいて午後には理学療法士のリハビリを受けることになっており、それが済んだら父も立ち会ってケアマネージャーに母の介護プランを変更してもらうつもりだし、ついでに父自身の要介護レベルも算定してもらいたいのだと嘘を付け加えていると、うるさがるように黙って中へ入るよう手のひらで促された。

小さなエレベーターで上がった二階の奥が騒がしかった。お願いしますあすお願いしますあすと再生された録音のような粘っこくて高い老婆の声が繰り返されていた。子供の声が子供のものだとわかるように、老人の声が老人のものだとわかるのが不思議だった。大きな咳が聞こえ、痰を切ろうとする老人の苦しそうな声もあった。他には何も聞こえなかった。

父は何号室だったかと契約の時に交わした文書コピーを広げてみると、２０６号とあった。受付の中にいるまちまちのエプロンをかけたセーター姿の中年女性が二人、こちらを向いて下方を指さしていた。面会の記録を書き残さねばならないのは病院と同じシステムだった。介護士室の真ん中にテーブルがあり、一人の若い女が重ねた両手の上に頭を乗せて突っ伏して、疲れているのか床をじっと見ていた。その人が考えていることの中に自分が含まれているように感じた。

廊下を歩き出すと、左右に部屋が分かれていた。入り口に丈の短いベージュ色のカーテンがかかり、中のベッドに寝ている人たちの様子がわかった。掛け布団はどれも皺だらけで、中には黄色く汚れているのもあった。ある部屋では、青年が黙って糞尿らしきものを床からペーパータオルでぬぐって、青いポリバケツに放り込んでいた。

目指す部屋に着き、カーテンを開けると六つのベッドが左右三つずつ並んでいて、それぞれの周囲に薄緑色のカーテンが下がっていた。酸っぱい老人臭が全体にこもり、それぞれ無造作に開けられたカーテンの隙間からベッドに横たわる何かが覗けた。尿瓶が幾つか床に転がっていて、小便らしき液体が入っており、その量が妙に多かった。私は鉢部繁と父の名前の書いてある札がどのベッドの足元に貼られているか探した。

名前は左の最も奥にあった。ベッドの上で、顎のあたりまで薄掛けを引き上げた人間が鶏のように目をつぶり、こけた頬の先の口をだらしなく開けていた。どう見ても父ではなかった。入れ歯を外しただけで人の顔はこうも違ってしまうものなのか。誰か他の老人が勝手に父のベッドで寝ているのではないか。

振り向けば、反対側にもやはり薄掛けを引き寄せ、萎れた仏花みたいに縮み、ゆっくり呼吸する皺だらけの人体があった。その場を思わず飛びのくように数歩行き、別のベッドの上を見ても区別がつかないほどよく似ていた。私は何度も鉢部繁という名札を見返した。他の札には磯山幸司とあり、田坂洋一とあり、宇部雅史とあった。老人の何人かは掛け布団の上に片腕を出していて、そのひからびた肉の棒みたいなものの内側に白く四角いテープが貼られていた。点滴か注射の痕に違いなかった。

やがて私は、薄掛けから飛び出た足のどの爪も一様に白く厚くなって崩れ出しているのに気づいた。夫が付き合いたての頃かかっていた爪水虫によく似ていた。少なくとも見えている足がすべてそうであることが何の暗示か、私にはわからなかった。いや、と私は最初に見た鶏のまぶたを持つ老人のもとに戻り、薄掛けをわずかに剝がした。筋の浮いた足の先にまだ水虫はなかった。それが父なのだと思った。

ベッドサイドのゴミ箱の底に、薬の銀色のシートが二枚そっくり返っているのが見えた。私はすうすうと寝息を立てるヒゲ面の父らしき人間の横を行き、灰色の缶の中に手を伸ばした。シートの裏側には薬の名前が繰り返し印刷されていた。効能はわからなかった。

部屋にいる老人たちもみな、父と同じ深い寝息をたてていた。途端に目の前で熟睡している人間の顔に父の表情を認めた。めくった掛け布団の下の腕に、あの白いテープが貼られていた。

その部屋にいる限り、父は眠り続けると思った。そしてすぐに爪も白く厚くなり、縦に割れ目が入り、肉との間に硬い異物が涌く。私はまた起きたまま誰かに夢見られている気がし、足元に突如開いた穴が底無しでどこまでも落ちて行くように感じた。お願いしますお願いしまあすの高い声の繰り返しはその間も続いていた。

ホームの受付で現金を払い、他人の苗字もまともに書けない青年から領収書を受け取り、まだ半分眠っている父を職員に手伝ってもらって軽トラックの助手席に乗せると、人間を一人強制的に連れ出しているように見えたし、事実そうだった。

家に戻って車のドアを開けても父は飲まされた薬が抜けきらないのか強く目を閉じており、女の私が背負い投げをするような格好で玄関へと引っ張っていって家へ入れた。母は父を見るなり叫び出し、ホームを訴えると言って聞かなかった。

息をしていないと思ったのだった。

父は引っ越し後、数ヶ月をかけて精神の調子を崩していった。初めは元々通っていた病院から紹介された総合病院にせっせと通っていたのだが、平成二十四年の九月末から、排便排尿のことばかりを言うようになった。同時に寒いと言い、暑いと言った。不定愁訴は黄砂の粒のように果てもなく母に吹きつけ、新居を見舞う私にも同じ勢いを見せた。

その間、新しい病院でも、以前と同じ検査が行われていた。血液を採り、腸のレントゲンを撮り、CTスキャンをし、整腸剤を出され、ビタミン剤を出され、長く患う前立腺ガン治療のためにホルモン剤を飲み、脳の血流をよくするための錠剤を飲んだ。

しかし父が訴える症状はまったく改善しなかった。感じる温度が適切であるかどうかに執着し、空調をつけたり消したりし続けた。右耳には携帯ラジオのイヤホンを入れ、ずっと放送を聴いていた。私が話しかけても巡回医師の黒瀬さんが話しかけても、父はイヤホンを取らなかった。

今ならわかる気がする。ゆらゆら揺れるこの救急車の中でなら。父は自分がなぜ倒れ、いつ再び死に瀕するかを彼自身理解出来ないまま生きなければならなかった。断崖だらけの山で、もやの中を歩けと言われているような日々だった。

父はまた、大地震の速報がいつ来るか心配でたまらないはずだった。揺れの激しさを関東在住の彼も体で知っていた。しかも労働運動家であった過去、父は核兵器について一般の人よりもよく学んでいた。彼自身、原子力の平和利用を率先して推し進めた側にいた。その人間が原発のメルトダウンが再び始まることを予想し、放射能が飛来して自分たちが被爆することを恐れたのだとしたら、彼の正しさは崩壊していた。

老人性鬱病の可能性、そしてその可能性の上での治療を私はかねて黒瀬医師に訴えていた。黒瀬さんはその都度さかんにうなずいたけれども、決して向精神薬を処方してはくれなかった。その件については近所の心療内科の先生に診てもらって欲しいと言った。他の薬は融通してくれるのに、そこだけはなぜか聖域のようだった。

私は仕事の合間に、顔をしかめて嫌がる父を腹の調子が必ずよくなるからとだますように連れ出し、近くの心療内科クリニックまで行った。まず予約をしていないことで受付に邪険にされ、頭を下げて合間に診察をしてもらうことにこぎつけた。排便排尿の具合の悪さ、気分のすぐれなさをかきくどくようにしつこく説明し始める父を見て、私は狙い通りだと思った。医師は鬱病の巣を見出すはずだった。ところが若い心療内科医は腸は内科の問題だと言い、私が発音する老人性鬱病という言葉をまるで初めて聞くように扱うと、もし薬を出せば出したでお年寄りはふらついて転んでしまうので私たちはそこまで責任が持てないのだと、まるで今考えたことのように言った。なるほど黒瀬さんが向精神薬を避けるのはそのせいか、と私は父と二人で壁に押しつけられたまま動けなくなったように思った。

誰にとっても残念なことに父には体力があった。痩せても痩せても、父は自分の不調を粘り強く母に、また時にはケアマネージャー、介護プランに組み入れられたマッサージ師にひたすら訴えた。それを聞かされるのがつらくて、私は近所の彼を避けるようにもなった。

母の疲労だけが気にかかっていた。一時間いても叱りつけたくなるほど執拗に繰り返される同じ話を、母は一年聞き、二年聞かされていた。私が父を腹立たしく思うのは自分の病気に気づかないこと以上に、母を朝から晩まで苦しめているからだった。

にもかかわらず、二年目の冬、父はうるさがる病院からついに強い座薬を得、自分でそれを肛門に入れることが出来ずに数個を無駄にしたあげく、毎回母に頼むことにしたのだった。母は父の肛門に座薬を入れた。それ自体はいたしかたのないことだと、電話などで話を聞いて私も軽く考えた。母は献身的に父を助け、そのことに満足しているように思ったからだ。実際、母は父をめぐる苦境について、つらかろうがなんだろうがわたしが頑張るしかないもんで、と強い語気で言った。夫婦だもんで、と。それは、親子だもんでと私が励まされたことのある言葉と同じ調子だった。母は好んで私たちに縛りつけられ、そこから解かれないよう自らの視野を狭めた。

父は大便が朝出た日でも満足せずに座薬を入れさせ、時にゆるむ便を放屁と共に噴き出したそうだ。私は彼を強く憎んだ。母はズボンや下着どころか、足をつたって便のこぼれた床も掃除した。謝る父に対して、謝らなんでいいでねと逆に叱りつけて雑巾で拭きとり、洗濯を始め、父にシャワーを浴びてくるよう言ったという。父は片耳にイヤホンを差してラジオを聴きながら、顔を歪めて歩き出したはずだ。

おばあさんは川へ洗濯に、おじいさんは尻を洗いに浴室へ。
老いた二人は小さな部屋に閉じこもり、小さく果てもわからず揺れていたのだ。

年寄りは入院をきっかけに一気に老いてしまう、とパート仲間に聞いたことがある。彼女の母親は確か八十歳を越えて元気だったのだけれど、雪の降った翌日に玄関先で転び、足と肋骨を折って数日入院をしたのをきっかけにボケてしまったのだった。まるで秘密の脳手術でも受けたかのように、とパート仲間は言っていた。私の父の場合もやはり、たった三日間の宿泊コースで変化が起きた。世話をしないですむように眠らされてばかりいれば、なおさらなのかもしれない。

車椅子に乗った母の出す細かい指示通り、父を布団に横たわらせてから約一時間後、ケアマネージャーの石井さんという女性が訪問してくれた。そして彼女の話を母と一緒に聞いている間に、父は息を吹き返すようにぷふうと唇をとがらせてからそのまま地鳴りのようないびきをかき始め、やがて石井さんが家を出ていく物音でようやく目を覚ました。

母は車椅子を降りて畳の上を這い、父の枕元に近づいて父の名前をその時だけなぜかさん付けで呼んだ。父は目だけぎょろりと大きくして左右を見回すばかりだった。しかし足元に私を見つけると、眉をぎゅっと寄せて怒りの表情になった。

おおーい。父はそう言った。うわおおーい。そして自分の言ったことに私が反応しないのにさらにいらだち、おおーいと繰り返した。父はうまくしゃべれないし、体を起こせないのだった。父はその自分に、誰よりも恐怖を感じているように見えた。

繁さん、と四つんばいの母が覆いかぶさるようになって笑いかけた。母は父の様子がおかしいのに気づいていなかったろうか、それともそのふりをしたかったのだろうか。すると父がようやく母の顔を布団の中から見上げ、佳江やないかと言った。母は大声をあげて驚き、その場に尻をついてことさら面白いことがあったように笑った。父はとぼけた顔をして私たち女を交互に見た。

それがまともな時間の最後だったかもしれない。

私が早めの夕食を作る間、母は車椅子で廊下にいて、狭い庭の向こうの小川を眺めた。父は薬が切れてくるにしたがってということだろう、寝室に横たわったまま母に何か話しかけるようになった。だが、内容が少しおかしかった。自分は老人ホームに入るほど衰えていないと母に向かって主張するかと思えば、子供の頃の自分の兄のことをまるでその時間の中にいるように話した。その合間に、しっかりした口調で借金の算段を母に簡潔に命じもしたが、すでにこの世にいない兄が交渉の相手だったりしたし、急に例の親鸞のことを聞き始めたりした。私も母もそれぞれの居場所から父の話を聞き、同時に違う答えを言った。

私は母がまた無理をして部屋を這い、父の近くに行って黙らせてくれるのを待った。あるいは父に眠って欲しかった。すぐ近所に家はなかったが、川の向こうの田畑に誰が来るかわからなかったし、子供が道路沿いに遊びに来て話を耳に入れないとも限らなかった。老人が一人認知症めいていることを、私は村の知り合いたちに知られたくなかった。すでに母もまともに動けず、父の様子もおかしいとなれば、坂の下の住宅群で噂になるに決まっていた。

面倒を看に一人で実家に帰った私は、その時どんな目で見られるだろうか。若い頃集落から出ていった自分が、親と共に苦しい生活を始めようとしているとあざ笑われたくなかった。自分はまだ夫との籍を抜いたわけではない、と言ってやりたかった。

素直に事情を話しても、力を貸してくれるとは思えなかった。彼らが事を天罰のように考えるのは目に見えていた。私はだから、ケアマネージャーの石井さんに何度も、うちのことをよそでしゃべらんといて下さいねと念を押した。石井さんはわかってますよと強くうなずいたけれど、明日になれば誰もかれもがひそひそとうれしそうに父のこと、母のことを話すのではないかと私は恐れた。

　翌日から、買い物をなるべく遠いスーパーやコンビニで済ませることにし、勤め先の範囲もより遠方に求めた。その移動のついでに私は両親それぞれを県の病院へ連れていったが、本当はそれももっと遠くの、知っている顔のいない医療機関に換えたかった。

　いっそのこと、父を奪い返すようにしてきたあの老人ホームに再び、しかも今度は期限なしで父を入れてしまえれば、と考えるようになっていた。母は病院でたまたま会う知人に明るく挨拶出来た。けれど日に日に痩せこけていく父はぷいっとそっぽをむいた。あるいは誰かれかまわず、その日に感じたことを愚痴としてしゃべり、時々話のつじつまがあわなくなった。父は隠されるべき人間になりつつあった。

　医療費がかさむのにも私は困惑した。早く働きに出なければならないのに、両親が外に出てしまわぬよう対策を講じなければならなかった。母は相変わらず車椅子で廊下にいて小川の上流、左側の先にある一車線の舗装道路に何らかの車が通る度に、まるでそれが家を訪れる相手のように笑顔を作って体を伸ばして見やった。人が好きだからというわけではなく、母はひたすら見栄を張っているのだった。自分たちが幸福であるかのように、母はわざわざ廊下に出て演技をして過ごした。

ケアマネージャーの石井さんが偉い人を連れて来て要介護レベルを判断してもらう時も、石井さんと私があらかじめ口を酸っぱくして言っておいたにもかかわらず、母は腰も足もさほど痛くないと答え、はきはきとしゃべり、笑い、簡単な暗算を異常な集中力で解き、まさかと思う勢いで車椅子から立ち上って見せた。それでは要介護1にしかならないと、素人の私でさえわかった。私は石井さんたちが帰ったあと、母を叱りつけた。母は無理に張りきったあとでぐったりしていたが、私の言うことの正しさをすでに自分で理解していて、すまなそうにうんうんとうなずいた。

その母を寝室から上半身を十五度くらい起こす形で父が見ており、俺やったらよう動かへんで寝てるでえ、要介護3は取ったるわと大威張りで叫んだが、彼へのテストは母の前に行われる予定だったのをどうやら忘れていた。父は朝から起きずに寝ていて体を揺すると怒り出し、石井さんたちに帰れとまで言って聞かなかったため、診断延期となっていたのだった。

すべて自分のせいかもしれない、と思った。

私が帰って来なければ父を三日間の宿泊コースに入れることはなかった。そもそも彼自身、もっと頑張らねばと気を張り続けるはずだった。そして母も、もっと気楽に親類縁者に頼ったかもしれなかった。

それなら、私が今夜出ていってしまえばいい。

タクシーを呼んで月のない空の下、蛇行する道を移動する自分を体で感じた。

逃げてしまえば二度と帰れない。

けれどここは帰るべき場所でもない。

車で駅まで下りてしまえば、私は自由だ。

どんぶらこ、どんぶらこ。

どんぶらこっこ、すっこっこ。


父自身は私の知る限り、すでに三回救急車を呼んでいた。私たちが今乗っているのは四回目のそれだった。

と言っても、実際に運ばれたのは過去一回だけだった。あとの二回はマンションの常駐管理人たちが対応して黒瀬医師を緊急に呼び、その場で父に話しかけ続けてくれたためになんとか落ち着いた。私が家から小走りで駆けつけると、空の救急車がちょうど音を消して帰るところだったこともあった。部屋まで上がると母は痩せた首を下げ、体を折って、黒瀬さんと複数の管理人たちにお礼とお詫びを言っていた。

父は座薬で自分を落ち着かせる以外に、救急車を呼ぶ手があることを覚えてしまったのだった。新居に越して二年経った夏の終わり頃からのことだった。腹の具合を一日中気にしているうちに、彼はめまいに悩まされ、激しい動悸に襲われる気がし、やがておかあさん救急車を呼んでくれやと言い出さずにはおれなくなった。

そういう時、母はまず私の携帯電話に連絡をし、もしも私が出ると、ちょっとおとうさんが変、といかにも緊急らしい切迫した声を出した。ずいぶん時間が経ってから留守番電話に気づいてその声を聴くこともあり、私は何かメッセージが入っていると表示で知る度に目の前が狭く暗くなる気がしたし、中身を聞いて母がたった一人で私に助けを求めていたという事実自体に胸が詰まった。あわてて電話を返して様子が小康状態だと知ったりすると、父が死んだというメッセージを受け取るよりも辛いようにも感じた。母の苦難が終わらないからだった。

たいていが夜だった。父は朝から不調をじっと愚痴にし続け、救急車をまるで救世主到来のように待ち望んだ。万一乗っていっても体に原因は見つからないと知っていながら、父は訴えを取り下げなかった。対応のしようもない母に、父は恨みをぶつけるような言葉を吐く。ウンコが出ねえ。オシッコが出ねえ。頭がクラクラする。喉が渇いて仕方がねえ。水を飲みゃあ腹が痛え。それは母のせいだろうか。自分一人で抱えて黙っていられなかったろうか。数年間、日々それを聞かされたら発狂しない方がおかしいのではないか。

　時折母は怒って、もう出て行くえと言うことがあるらしかった。わたしにも我慢の限界があるでね。おとうさんのことをじっと考えて、出来るだけのことはしてるだに。病院に行っても行っても治らないのはさぞ辛いだろうけど、わたしだって治してあげられないでね。言われても切ないし、わたしが及ばないせいでそうなってるかもしれないと思うと、情けなくなってくるで、おとうさん。自分でしっかりしてもらいたいけんど、出来ないならわたしはもう家を出るでね。ここままじゃ辛くてたまらないじゃあ。

　それで父は少し、それこそ一時間ほど黙るそうだった。けれど母には家を出たあと行く場所などなかった。スーパーマーケットに行き、道を歩き、チェーンの喫茶店で紅茶でも飲めば、もう母にはすることがなく、暗がりで立っているしかない。母は追いつめられ、頭の中ではすでに道の暗がりに立っている。なのに、父はまたおずおずと愁訴を始める。

　やがて近所の病院の受付時間も終わり、巡回医師の来てくれる時間も終わるにつれ、父の執拗な要求に母も抗しきれなくなる。母から私への電話はつまり、父の度重なる不屈の訴えへの、最後の抵抗なのだった。私が駆けつけて父を説得する可能性に母は賭ける。

それでもついに今日、父の言い方なら平成二十七年二月二十三日、私も納得して救急車を呼んだ。呼ばざるを得なかった。それまでの二時間ほどのことを、私は父の視線の中で誰かに心臓を直接触られるようなざわざわした感覚と共に思い出している。

電話で父の異変を知ったのは午後五時のことで、母はやっぱり、おとうさんの様子がおかしいとだけ言った。早く来て欲しい、と。ドイツ神学者ヤーコプ・ベーメの研究資料を訳していた私は、それをすぐ放り出した。

父は予備灯しかついていない北側の小さな寝室でベッドに入り、マスクをし、耳にイヤホンを入れて天井を見ていた。私が声をかけると、ああSちゃんけえと言った。どうも俺は朝からおかしいでな、といつもとまったく同じことを言う父の目はまだ天井をぎろぎろ睨《にら》んでいた。私の後ろに母が立っていて、腰の後ろに両手を当てたまま、どうしたらいいかわからないもんで、ごめんねと言った。私は謝ることないからと答えて寝室に入った。

いつもと同じくマスクをしていた。父は息子の私が話しかけてもマスクを絶対に取らなくなっていた。それどころか医師などが来訪する折、痛みに耐えて入れ歯を入れてさえ、父はマスクを取らないことがあるそうだった。目的と手段と恐れと行動がばらばらになっていた。

父の重なる訴えを聞き、食べても飲んでもいなければ出るものも出ないとうんざりしながら答え、足が寒いならそのまま電気毛布をかけていればいいと私は言った。冬だというのに部屋はクーラーで除湿されていた。私は矛盾だと笑ったが、父は大げさに眉を寄せていらだち、頭の方は暑いで仕方ねえじゃあとくぐもった声で抗議をした。

何度か体勢を変えたあと、父が立ち上った。トイレに決まっていた。両膝を出す格好でふらついている父に、私は手を貸した。手のひらがじっとり汗ばんでいた。トイレにたどり着く前に、ああああと急に父は声を上げた。左右に父は地団駄を踏むようにし、どこへ行きたいかわからない子供のようになった。視線がふらついて、焦点がまったくどこにも合っていなかった。危険を感じた。動物的な本能のようなものだった。一瞬のち、私は自分にも経験のあるパニック障害が、父を襲っているのだと思った。

父は何かに取り憑かれたような形相で私を押しのけようとした。彼が熱望するように見つめる先に幅の狭いベランダがあった。三階から飛び降りるつもりだと直感した。それを言葉にして母に伝えるのが恐ろしく、私は黙って父を抱きとめ、顎のあたりに老人臭とほわほわした髪の毛の細さを感じながら、寝室のベッドまで押し戻して座らせた。一度ころりと寝転がってしまった父は右に左に体を動かしながらようやく座る形に戻り、どうしていいかわからないというように、もう一度あああああっと叫ぶと自分の右腿を手の平で打った。

おとうさん、おとうさんと母が近づいてきてうろたえながら声をかけた。私は母をさえぎり、部屋の外にいて欲しいと手で示した。父に聞こえている様子はなく、口を半開きにし、目を開いていた。私はひざまずき、子供の頃してもらったように父親の手を自分の両手で包むと、生まれて初めてそこに額をつけた。聖者と信者のような格好だと思いながら、一方で意識を失いかけている父、残る意識では苦しみ以外何も感じない父が哀れで仕方がないという意外な感情が湧き上がり、また一方でこうして押さえてさえいれば立ち上れないだろうという計算があった。

おとうさん、おとうさん、落ち着いてと私は顔を上げて言った。その時、目の前にいる衰えきった父親の表情が、朝起きて髭を剃る鏡の中の自分にそっくりなのに驚いた。同じ心の障碍を抱えていることに気づいたからだろうか、顎を上げた自分と、下から見ている父の顔の角度が近かったからだろうか。

私は再び、おとうさんとだけ言ってまた彼の手に額をつけた。何をするかわからない父を暴力的だと感じて怖れている自分がおり、その場が収まるならひれ伏してもかまわないと思う自分がいた。母もまた、おとうさんと語尾を上げて呼んだ。母は私の真後ろに来ていた。

父の体から硬直が抜けるのがわかった。父は枕元の方に体を向けた。横になるつもりかと思って手だけ握ったまま膝であとじさると、父はベッドサイドの卓の上にあるノートを取りたいのだとわかった。手を放すと父はノートを取って目あてのページを急いで開いた。何らか彼を救う言葉、もしくは私に伝えたいことがあるのだと思った。

父は、Sちゃん、人間万事塞翁《じんかんばんじさいおう》が馬《うま》っちゅう言葉をお前、知ってるけえ、と数秒前までパニックを起こしていた人間と思えない口調で言い出した。ああ、知ってるけどと私は警戒を解かぬまま応じた。じゃあ塞翁っちゅうのは誰でえ。私は故事成句のおおまかな意味しか覚えていなかったので、悔しかったが一言、わからないと答えた。

塞翁っちゅうのは中国北方の塞《とりで》の近くに住む占いのよく当たる老人のことでな、Sちゃん、と父は自慢そうに話し出した。あまりに落ち着いた調子だったので、父を超えた何かがマスクの奥からしゃべっているように感じた。白い布が息でぺこぺこ動いていた。

ある時、塞翁の馬が胡《こ》っちゅう土地へ逃げちまったもんで、まわりの者《もん》が気の毒だと言ってると、なあにそのうち福が来るでと答えたんだと。するとその馬が胡の駿馬を、駿馬っちゅうのはわかるけえ、いい馬の事《こん》だな、それを連れて帰って来たっちゅうわ。だけんど、村人がよかったよかったとお祝いすると、今度《こんだ》は馬が不幸のもとになると言い出しただと。ほしたら、確かに息子が馬から落ちて骨を折っちまったっちゅうでね。お見舞いする人がいっぺえ来ただが、塞翁はこれがいずれ幸いのもとになると答えたと。すると一年のち、例の胡が攻めてきて若え者《わけ》はほとんど死んじまってね、足を折った息子は兵役に取られなんで生き延びた。人生は何がうまくいくか、うまくいかねえかわからねえっちゅう事《こん》だで。ほんとに俺もこの頃そう思うだよ、Sちゃん。

父は一度話を区切った。私はまだ語り手の手を握っていた。話は終わりなのだろうかと私はいぶかしんだ。父が何を幸福の原因、何を不幸の原因と考えているか聞かなければ意味がなかった。

マスク姿で、電源の入っていないラジオからのイヤホンを耳に押し入れている老人は、塞翁という二文字のことを話し出した。塞翁っちゅうのは、塞が砦の意味だでね、そこにいるじいさんで塞翁とこう書くだよ、ほれ。父は私にノートを見せた。情報源は父がやはり枕元に置いたきりにしている、電子辞書だろうと思われた。父はその二文字に執着し、何度も何度もノートに書き写そうとしていたが、ところどころ塞が寒になっていて正しいひと文字を覚えきれていないのがわかった。それが他の文字と入れ替わってしまうことに、父は抗っていた。

Sちゃん、わかるけえ、塞翁。お前、書けるけえ。

その文字にこだわる理由が理解出来なかった。塞翁の塞など、父があと数年生きたとしても使う場面がないだろう。私にしても同じことだった。

紙に穴をうがつような視線を浴びながら、私はノートの端にボールペンで塞翁と書いた。父の力のない、蜘蛛の巣が壊れたような、嘘発見器の針がかすかに揺れているような字があちこちに記され続けている下に。

書き終えても父は納得しなかった。私は再び塞翁と書いた。それでもまだ父は見ていた。塞だけを私は書き、さらに何個も並べて書いた。ついさっきまで威厳を失って奇怪な声を出し、おろおろしていた父は、私が彼の理不尽な要求を満たすのを黙って見下ろしていた。

父は自殺したのだった。

二〇一四年十一月四日、よく晴れた午後だった。

母が倒れたのが五月末、父が老人ホームの一時宿泊に行ったのが七月初旬だから、それからわずか五ヶ月の間、父の頭の一部分に強い緊張が走り続けていたのかもしれない。あるいは突然、思いつきが雲のように湧き上がったのだろうか。

遠くのコンビニの朝のシフトが終わり、消費期限の切れた五人分の弁当をもらっていったん家に帰ると、玄関の工場《こうば》のようなサッシを引き開けた私の目の前に父がぶら下がっていた。

がっくりうなだれて伸び切った首と見たこともないくらい長い腰が、土間の天井の梁に掛けられた縄に吊られ、かすかに揺れていた。足の先には転がった木の根の塊があり、乗ってから蹴ったのだとわかった。父の顔はひどくむくれていたが面影は強かった。閉じた目の奥で足元にひっくり返っている母を感じている、と私は思った。

母は曲がって震える指先で明るい居間を指し、それを耳に持っていって電話をしろと伝えた。それからおとうちゃんが、おとうちゃんがともうわかっていることを私に教えた。

父の首を絞めている細縄は、父自身が数日かけてなったものだった。家の裏の軒下で乾いていた藁《わら》を土間に持ち込み、父は久しぶりだと言いながらそれを縒《よ》った。これからの作業に必要だから、と元気な声を出していたので、私は濁って底の見えないような考えがやっとクリアになったのだろうと思っていた。その奥に何か明るい未来を父は見つけ出したのではないか、と。

実際、クリアはクリアだったのだろう。むしろ父はクリアなうちに始末をつけようとしたのに違いなかった。前日、前々日、朝の勃起があると不思議そうに母に言った父がどういう心境だったか、私には計り知れない。

這って移動してきた母は、救急車を呼べと私のすねを叩いたが、私はしっかり死んでからだと思った。もし中途半端に生き延びてしまったら、私たち全員の明日がないのだった。三人とも生活保護を受けることは確実で、それは近所の手前、絶対にあってはならないことだった。なんとかそこを食い止めるためにこそ、私はアルバイトに追われていた。父もそのために縄をなったはずだった。

絶えたであろう命を眺めながら、私はひとつ終わったとぼんやり思った。川の水音が低かった。

父をいつまでも家の中に吊るしておくわけにもいかなかった。第一、母がうるさかった。けれど救急車を呼んでしまえば、途端に離れた場所から人が集まるのが明らかだった。彼らは土間に揺れる縄を見る。背が伸びて白い顔をした父の姿を見る。すっかり年をとった私を上から下までなめるように見、それから家の中を覗いて貧しさの証拠を際限なく見つけようとする。

自分で下ろして、救急車はそれからだと思った。私は母を無視して父の足元の木の根を元に戻し、その上に土間の隅にあった鎌を持って立って縄を切ろうとした。死体の臭いがあるとすれば、私はそれを嗅いだ。糞尿が漏れた臭いかもしれなかった。父の顔に影が差していると思ったものは耳から垂れる血だった。ぴんと張った縄に刃を当てるだけで、父の途方もない重さがわかった。そのままではどさりと落ちて、足腰の骨を折るだろう。折れてもかまわない人になってはいるのだけれど、頭でも打ってのちのち事件だと疑われるのは嫌だった。

考え込む私を、母は鬼でも見るようににらんでいた。蛍光灯の光がその右の瞳にだけあたり、白く反射していた。

なぜ私たちがこんな目にあうのか。

父はスポーツドリンクのペットボトルを持ったまま、突然痙攣し始めた。

塞翁で自分をごまかせる時間は短く、愁訴は激しさを増していた。何度も首をひねり、父はおかしいおかしいとつぶやいた。何がおかしいのか聞くと、俺がおかしいと抽象的な答えしか返らなかった。ベッドに寝かせるのだがすぐ起きてしまい、端に腰をかけて上を見たり背後を見たりした。救急車を呼んでもらわねえともうダメかもしれねえ。だから何がダメなの？　わからねえ、俺はダメだ。その繰り返しだった。

向精神薬さえあれば、飲ませて眠らせてしまえるのにと思った。母にそういうものは何かないかと聞くと、おとうさんの睡眠薬はまだいっぱいあるえと言った。それを服用して欲しいと父に言うと、自分も飲んで寝てしまいたいのだが、まだ夕方だから夜に眠れなくなると冷静な返事が来た。

父はションベンが出ねえと言った。私は相も変わらず、水分を摂らないのにおしっこが出るはずがないと父を責めた。ナトリウムが不足するからスポーツドリンクを飲むようにと医者も言っていたじゃないか、と。母はいつもの通りリビングで集中して会話を聞いており、私に叱られないようにすぐに、おとうさん、今冷えてるのを出すでと言った。冷えてると腹が痛くていけねえと言い返す父に、それなら常温のを出すでねと母は答えた。

なおもベッドに腰かけている父は、母に渡されたすでにキャップを開けてある青いラベルのペットボトルを手に持ち、不承不承飲み始めた。

その時、奇怪なことが起きた。

父の手がぶるぶる震え出し、まるで地震のように急激に揺れが大きくなって、ペットボトルから液体が飛び散った。母は問いのような疑いのような悲鳴をあげた。父はその揺れる手でなおもスポーツドリンクを飲もうとした。唇はそれに備えて尖っていた。けれどもペットボトルの先は父の口を越えてゆき、額に当てられた。カタカタカタと音がした。ボトルと骨がぶつかっているのだった。それはなおも左右に揺れて、父の顔に白濁した飛沫をかけた。おとうさん、何してるの?と母が東京で覚えた言葉で呼びかけた。私は父の手を押さえたが、それをはるかに上回る力で父はペットボトルを額に当て続け、突き出している唇で中身を飲むためにボトルを傾けようと努めた。額から液体が流れて父の鼻や頬にかかった。おとうさんどういうこと?と母が信州訛りの音階で叫んだ。おとうさんおとうさんと私は叱るように父を呼んだ。

父はボトルを固く握り締めたまま、反り返るようになって斜めにベッドへ倒れた。抱きとめようと手を出したが、弾くような力に遮られた。倒れても父の背は反っていた。温かい死体のように硬直して、父は汗で湿っていた。飲んだ液体が右の鼻から出て鼻水と一緒に顔の上に溜まっていた。母が強い力で私を押しのけてその鼻水をふいた。父のみっともない姿は息子にさえ見せないと心に決めているのに違いなかった。

私は父の上に馬乗りになり、顔を近づけておとうさんおとうさんとまるで質問したいことがあるかのような調子で呼びかけた。父は白目がちになっていた。軽く開いた口から低い唸り声がした。父は私たちからの声を聞く力を失っていた。集中し、自分の一念で死のうとしている人のように見えた。

母に言い、フロントに連絡して人を呼んでもらった。重たい父の体をなんとかベッドの中にきちんと入れようとしていると、何分してからか、二人の係員が急ぎ足で来た。まだ少し痙攣している父を見て、すぐに一人が携帯電話を出した。黒瀬医師がついさっき、五階の入居者を診終えたばかりだから、まだ遠くには行っていないはずだと言うのだった。

父は母と私と係員が見守る中、まぶたを少し開けた。母が駆け寄り、おとうさんと呼びかけた。皆さんが来てくれてるでね、と母は身なりをしっかりするよう暗に言った。父はただ天井を見つめていた。おとうさんと私が呼ぶと、魂が漏れ出すように口を開け、目を一度私の方に動かし、また天井を見た。

黒瀬さんに連絡がついた、と係員の男性が言い、今こちらに向かっているから救急車を呼ぶかどうかはそれから決めて欲しいと伝えられた。私たちはただ立ち、低い位置に寝ている父を静かに見守った。時々父が体を動かすと、母はお水を飲むならあるでねとか、おとうさん聞こえてる?とかひと言ずつ話しかけた。父は要らねえという言葉の、最初のあたりだけだろうか、何かささやくように口にしたり、うなずいたり首を振ったりした。どこか会話としてずれている気がしたが、おいおい治っていく気配があった。

だが、もしこのまま意識を完全に取り戻したのだとしても、父に何が起こったのか明確にわからなければ母は気を抜くことが出来なくなる、と思った。これまで以上に警戒しながら、八十三歳の母は八十三歳の父を介護する。いつまで母は世話しなければならないのか。

きっかけもなく揺れ出し、体を反り返らせ、白目がちになってしまった老人の体を、私の頭は巡回医師の前で自然に下がった。

五分ほど経って、黒瀬さんは来てくれた。私の頭は巡回医師の前で自然に下がった。黒瀬さんは慣れた様子でかばんをベッドの手前に置き、父に話しかけながら中の器具をあれこれ取り出した。薄暗いままの部屋で小さな懐中電灯が父の目を照らした。黒瀬さんは血圧を測り、舌を見、脈拍を測り、このまま入院してもらいましょうと言った。

父の頭のあたりから小さな声が聴こえた。私たちは皆、身を乗り出した。それがあとで、どんぶらこと言ったかに思われるひと言だった。歌うような調子で、私たちはつい引き込まれた。

続いて父は黒瀬さんの方を見て、泊まりは大きい下げ若いとか、耳にはみ出しコーラスもしも俺とか言った。ろれつが回っていなかったし、語順がバラバラだった。黒瀬さんがもう一度お願いしますと促しても、父はまた、荒れた波のあとの浜辺に落ちている物の名を順番に示すような、コンピュータ内のデータが攪拌されたような文章しかしゃべれなかった。なぜ理解されないのかと父は納得出来ないといった顔つきになった。

黒瀬医師は背後の係員に向かって、救急車を呼んで下さいと言った。

父はやっと待望の車に乗っていけるのだった。


葬式に地元の施設を使わないわけにはいかなかった。すでに両親はそれぞれ契約を済ませていたし、何より値段が安かった。

内々で執り行うということにして人が来ないようにしたけれど、それでも遠縁や知人から花が届いた。香典を包んで施設に、また家に持ってくる人もいた。死因を聞きたいのだと思った。どんな風に梁にぶら下がっていたのか。予感はあったのか。遺書はあったのか。何が書いてあるのか。自分で死ぬような人やなかったやろ、誰かに恨まれてたんちゃうか。

私は母を人前に出したくなかった。式の間も前後も、憔悴した母は会う人の前で父のことを話したがった。父は作業の途中、木の根を乾かすためにぶら下げていた縄の輪にうっかり首を突っ込んでしまった、というのが母の言いたいことだった。その嘘を母は誰より自分につきたかったのだろう。聞いた者は深刻な表情のまま、もっと話せもっと話せと母をあおった。私はちょっと線香を足してんか、おとうちゃんの顔見たって下さい、などと言って母を止め、葬儀屋が飛び出した目玉を押し込んでくれた父の遺体のそばへと例外なく赤ら顔になった弔問客を移動させた。

ケアマネージャーには引っ越すと話した。早朝に家を出て、暗くなるまで仕事をした。母には絶対に窓際へ行くなと言った。借金の取り立てが来る、とありそうなことを言っておいた。事実、家には余裕がもうなかった。そして私自身から、痩せていく母、墓について口を出す母、とうちゃんになぜまだ戒名がないのか、位牌もない人に手を合わせられへんと責める母を介護する気力が失せていた。

母はやがて寝込んだ。冬が来ているのに暖房を節約したのは、生活費のためばかりではなかった。母が動かずにいてくれるには、ガスを元栓から止め、灯油を隠しておくのが一番だった。

民生委員だという人が夜、家に来たこともある。土地の古株の家へ後妻に入った人だった。けれども私も母もオレンジ色の灯《あ》かりの下、来月から仕送りが来ると口裏を合わせた。どこから来ますの？と聞かれ、居間の私はこたつに入ったまま夫が長いシンガポール出張から帰るのでと思いついたことを答えた。寝室の母は半分開けた襖《ふすま》の向こうで、ミッちゃん、心配してくれてありがとなと変なタイミングで言ったが、小さな声だったので民生委員に聞こえたとは思えなかった。

ある日、母は私の顔を見ると、もう大阪帰りいな、と言い出した。老人用おしめももう要らへんし、弁当もらってくるのも難儀やろ、おとうちゃん死んでしもたら私もなんや気ぃ抜けてもうたしね。私は母の気持ちがありがたいとも思ったし、そやかておかあちゃん置いていったら見殺しやないか、私に殺させるつもりかいなとも答えた。

私はすでに母への食事を少なくしていた。何も与えないこともあった。母は飢えた体で留守中にゴミ箱へ這い進んで弁当殻の中のお新香を食べたり、出て行きにくいようにあちらこちらに積んだ荷物の間を時間をかけて抜け、茶をわかして飲んだりした。かと思うと、私がどっさりと買い込んだコンビニの見切り品の菓子パンを若者のような量食べた。

自分はまだ五十一歳だ、と私は鏡を見て思うようになっていた。早く母を看取れば、その分だけ自分の生活を送れる。父のおかげで私は気づいたのだった。自分はじき、どこに住んでもいい身の上になる。こんな田舎で、まわりの目を気にして生きていくんは耐えられへん。紀伊に話して、近くに住ませてもらえんやろか。いや違う、誰とも関係ない土地へ流れていって暮らすのだ。

　大きなトランクがネットで安かった。ピンク色の、自分にしては派手なものだった。届くとそこに毎日、私はわずかな荷物を入れた。入れては出した。次の人生に必要なものを、私は白い息を吐きながら深夜、蛍光灯の下で吟味した。

　だから、見殺しはもう始まっていた。母もそれを知っていて、娘の私のために耐えているのだと思った。あるいは、母は私が一刻も早く愛想を尽かして家を出るのを待ち、監視から自由になって生き残ろうとしているのかもしれなかった。どちらにせよ、彼女が本当の理由を話すことはないだろうとわかっていた。母は父が事故で死んだと私にまで言い張るような人だった。あんなに巧妙な仕掛けでしっかりと首を絞めていた姿を見たのに。彼女は思い込んだらそれを抱きかかえて離さない人だった。

　正月が来て、私はコンビニに詰めた。時給も少し高かったから、働きどきだった。おせちの余りをもらい、年下の店長から酒の一合瓶をもらった。三が日、私は夜になって帰宅する度、襖を閉めたまま居間で酒を飲んだ。体があたたかくなった。

一月四日、軽トラックで家に戻ると、たんぱく質が溶けるようなかすかな臭いがした。それはいつもの糞尿の臭いに混じって、私の鼻に来た。土間から座敷に上がり、居間の灯をつけると、その奥の襖を開けた。暗がりの中央、父が買った布団の中に母が頭まで入っていた。もっこりと丸く盛り上がった何かの妖怪のような布団を私ははがした。母は干からびた手で膝を抱えるようにしていた。敷布団の尻の下が茶色く、さらにその周囲が黄色いにじみで汚れていた。目も開けず、言葉もしゃべらなかったが呼吸はしており、よく見ると錯覚に近いほどゆっくり小さく動いていた。

まだ生きている、と私は思った。

それから二週間経っても、母は衰弱したまま命を保った。それは私の意思が弱くなって弁当を襖の向こうに置いて寝ることがあったからだし、枕元のやかんに水を足す日もあったからだろう。私は自分が母をどうしたいのか、実際にはわかっていなかった。母は布団をかぶったまま、息をひそめて泣いていることがあった。迷惑やろ、ミッちゃん、もう大阪行きいなとわずかに上げた布団の下から言うことがあった。反対に後生やからなんか食べさして下さい、ミッちゃん、喉渇いたと言うこともあった。

相変わらずケアマネージャーから電話が来た。民生委員が留守中にメモを玄関に置き、小石を乗せてあった。まだこちらにいらしたら様子教えてください、とあった。

娘の紀伊から電話があったのは、一月下旬の午前八時頃のことだった。ママおはよう、今大丈夫?と紀伊はたずね、今日なママの夢を見たんやけど、なんや知らん南の島のバンガローにママがおって、水着姿で砂浜のデッキチェア言うの? ああいうのにごろっーと寝とってめっちゃ幸せそうに太陽見上げてんねん、おばあちゃんも横におってさ、ダイキリみたいなごっつ派手なカクテルをストローで飲んでてな、ママはそれをうらやましそうに見てるんやけど、ただ夢の後半おばあちゃんしかおらんようになって、ちっともママが出てけえへんから気になって電話してん。

なんやのんびりした夢やなと私は言い、おばあちゃんが一番幸せやんかと言った。元気なん?と紀伊が誰のこととも言わずに聞いてくるのに元気やでと答えた私は、母が襖の向こうでもう元の母でなくなっているのを知っていた。ひょっとすると本当に幸せなのかもしれないと思った。

その人は動かなくなっていた。

動かないまま、私を見ていた。

その人は救急隊員によってタンカで部屋の外に出され、廊下でストレッチャーに載せられて一階に下りたのだった。

黒瀬医師は車が出発する前、隊員の一人に小さな声で、この患者さんは鬱病の気《け》があるから自殺に注意するよう先方の先生にも申し送りして下さい、と言った。隊員は無言でうなずいた。

なぜその病名を私に言い、母に言い、あるいは父に言ってくれなかったのか。

私は黒瀬医師の声が母に聞こえたことにも失望していた。実際母は自殺という言葉に硬直し、私を追い抜いて救急車までストレッチャーの真後ろをついて歩いた。もし父が命を落とさなかったとしても、母はこれまで以上に振り回され、買い物の間も怖れにさいなまれ、風呂が長ければ声をかけずにはいられず、病院に行くなら必ずついて行き、その行き帰りに道路に飛び出さないか心配し、タクシーに乗せても安心出来ずに父の手がいつドアを開けてしまうか観察を怠らず、眠る時は自分のソファベッドをベランダ側にずらして窓を開けられないようにし、四六時中の訴えを聞き逃さないようにしなければならないだろう。

その訴えはなお、救急車の中で救急病院に断られ続けている父から、付き添いの私にも向いていた。

　Sちゃん、俺はまた気を失ってただけえ？　何があったかわからねえだよ。これは夕方の続きかやい。お前もへえ狭《せめ》えとこへ座ってこっちを見てるが、どういう事《こん》でえ。俺は死んじまっただかな。これまで毎日《めえんち》死んじまったらどんなに楽かと思って生きてただうぇい、生きてる甲斐がねえでね、ウンコが出ねえオシッコが出ねえとそれだけの人生だもんで、ほれでもいざっちゅうと死ねねえもんで、怖《こえ》えでね、めしを少なくして痩せていっても結局怖《こえ》えでつい口に少し入れちまうだよ、ほういう繰り返しが苦しくていけなかったで、Sちゃん、うまく死ねねえもんで、ほれでじっとあの川のことを考《かんげ》えて少しでも楽になろうとしただだが。

　これは霊柩車じゃねえずら？　霊柩車だったら俺も覚悟が決まるで。だけんど霊柩車にゃマスク付けた救急隊員は乗ってねえずらな。お前も普段の服だし、いくらなんでもほんな葬式はねえら。救急車で運んでくれてるだかやい。ありがてえことさ、病院で診てもらいてえだもんで。ただ、俺はもう飽き飽きするくれえよく知ってるだよ、病院に行ったってなんにもわからねえで、年寄りは治せねえで、年をとるのを止める薬はねえでね。俺はまた生かされて家へ戻されて、言っちゃいけねえとわかってて愚痴を言っておかあさんに切ねえ思いをさせちまうだ、馬鹿な男さ、俺は。

　自分が不老不死かと思うぞやい。不老不死ちゅっても衰えちまって動けねえで点滴の針を腕に入れられてベッドへ横になって、トイレへ行きたくても動くと怒られて磔《はりつけ》にあったようでどうしようもねえだよ。俺が一日《いちんち》三回飲む薬、お前も見たことあるら？　あれやこれやで、なんのために飲んでるかちっともわからねえし、それだけでへえ腹がいっぺえになるで、なんか食えっちゅう方が酷ずら。

　縛りつけられて口開けられて死なねえようにされて具合《ぐええ》はじっと悪くて原因はちっともわからねえし意識は急に失くなるし汗は出るし寒いし目の前が真っ暗闇になるかと思うと星がチカチカ飛んで重力が消えちまって俺は地球を見ていてどんどん遠ざかっていってそのうち宇宙に何千年もいるような気持ちになって寂しくておかあさんを呼ぶだがちっともしゃべれねえし手も動かせねえしするだがどうせ目が開きゃ元の部屋に戻ってまた俺はウンコのことを考《かんげ》えてるだに、こんな不老不死なら要らねえさ、俺は要らねえだよ、Sちゃん、人間は簡単に絶滅出来ねえだぞ、苦しみの時間は長《なげ》えで、お前一代の言葉なんかじゃ届かねえほどあるで、ほいで、そのうちお前も必ずこうなるだでな、水は上から下へ行くだで、俺の子だもんで、生きてりゃこうなるで、俺を笑えねえし叱れねえし逃げられねえでな、これはお前だで。

どんぶらこ、どんぶらこ。

どんぶらこっこ、すっこっこ。

午前二時過ぎ、真っ暗闇の中で私はピンク色のトランクを真冬の川へ放した。

小雨が降っていた。

生き物の気配がなかった。

遠くに湖を取り囲む灯が見えた。

闇の向こうで、がたんという音がした。体がびくついた。

トランクが川底の石にでも当たったのだろう。前日も雨だったから水量はあった。朝までに湖に流れ込んで、凍《し》みて来た水と一緒に沈んでくれればいい。

たぶん手首の骨が折れていた。首もかもしれない。大きめのトランクとはいえ、人間をしっかり詰めるには容積が足りなかった。テレビで見たことのある屈葬というやり方に似ていた。ほぼ布団の中でそうなっていた通り、私は母を抱いて移した。

きっと一週間は経っていた。襖の向こうの窓を少し開けておいたから温度がより低く保たれた。私は最初、どうしていいかまるでわからなかった。一人になったら自由に家を出るつもりだったけれど、そのまま出発すれば死体遺棄になった。だからといって、死亡届を提出すると間違いなく死因を聞かれる。

私は母を介護しなかった。

それが死因に違いなかった。

畳をはがして床下に埋めてしまおうかとも思った。けれど、自分から食を断つようにし衰弱を選んだ母、糞尿まみれの布団にくるまっていた母を、土の下に隠すのには抵抗があった。

ではどうする。どうするつもりなのか、自分は。考えは浮かばない。

半分は母だった。母と私の共同で、人を一人助けなかった。この世からいなくなりたいと思う人と、この世へ逃げ出したい人間との合作が、目の前の青くむくれた体だった。

母は花柄のシャツに臙脂色のセーターを着て、伸び縮みするグレーのパンツをはいていた。寝巻きでなかったのは、そのまま何かが起きてもいいようにだったろう。ただパンツはもちろん、セーターの背中のあたりまで糞尿が染みて乾いてこびりついていた。布団の中全体がトイレのようだった。けれど敷布団、掛け布団の外にはひとつの排泄の跡もなかった。

母は自分の身に汚さのすべてを閉じこめるようにして旅立ったと思った。

なぜ私たちはこんな目にあわなければならないのだろう。

せめて水を浴びさせてやろうか。彼女が十八歳でこの村に嫁に来てからずっと目にしてきた小川の水を。こんな夜の凍るような水を？　拷問みたいに？　いやもう死んでいるのだから心臓が止まるわけでもない。苦しみは終わっている。しかし芋を洗うように死体を川へ落としてそれでどうするのか。

私は母を川で洗濯して、そのあと乾かすというのか。乾かしてどうするのか。

居間の隅に開けたまま置いてあったトランクから、私は服を出した。下着を出し、ネックレスを出し、携帯の充電器を出し、ドライヤーを出し、老人ホームのパンフレットを出し、日記代わりの小さなメモ帳を出し、靴を幾つかと化粧道具一切を出した。

そして膝を抱えたまま死んでいる母の部屋に戻った。

蛾

作業場の入り口近くに立っていた。夏の盛りで軽装だったのではないか。今から十五年前、まだ三十代前半の私——自分では若さのわりに十二分な苦難を経つつあると思っていた——は奥の壁に取り付けられた灰色の羽根の小さな扇風機から生暖かい風を受けていたはずだ。

　およそ三畳間ほどのプレハブ建築は古い蔵の左横を貫通する、低い屋根と土壁に挟まれた暗い通路の一部を占めていた。上方に設置された細長い二枚のサッシ窓は蔵側にあったから、光はまったく入ってこなかった。そのかわり、蛍光灯の灯《あ》かりが白くどぎつく反射して鏡のようだった。

　目の前の少し低い位置に母方のゲント伯父がいた。伯父は当時六十九歳だった。細面の皮膚は薄く、張った頬骨のあたりが常に赤らんでいたが、それは若い頃からのことだ。酒が好きだったから夜はなおさら頬をまだらに赤くしたが、雪深い信州の暮らしの中でその色が獲得されたのだろう、と私は子供の時分から思っていた。伯父の父、私の祖父も似た赤ら顔だった。つまり東京には出て行かず、信州に残った男たちは。

ゲント伯父は椅子——錆びてザラついた金属と、合板で出来た簡素なものだった——に浅く腰かけていた。体を私の方に向け、片肘を作業用の大テーブルに乗せて、伯父は次から次へと自分の木工作品をこちらに見せた。

カマボコ板をひと回り小さくしたくらいの紫檀《したん》の板を貼り合せ、周囲に白樺の枝を散らしたペン立てが最も初期のいわば試作品であるのをすでに私は知っていた。定年後数年して、伯父は突然そうした木工に凝り、少しずつ機械を買い足しながら、例えば木の表面を丸く成形出来るようになればヒョウタン型の七味入れを作り、トックリの胴ほどの黒檀《こくたん》の内部をくりぬいて首回りや足回りに滑らかな溝を削り、さらにフタまで付けて楊枝《ようじ》入れを作ったし、味のある形をした節だらけの枝を切り出して中に銅版を仕込み、外側に漆をたっぷり塗って花器にした。むろん製品とまではいかないにしても、素人が年をとってから覚える技術の範疇を超えていた。

中でも直径三センチほどの黒檀、紫檀の細い枝を輪切りにし、木の板に埋め込んでいくことで枝ごとの年輪を絵のように生かした花台は、伯父が旺盛な創作欲を見せて、近所の養老院や公民館などに箸立て、筆箱、木製コースターを途切れる間もなく配ったあとにあらわれた。私はその頃ドイツ西部のルール地方に住んでいて、母から送られたスナップ写真でその作品を見てすぐに気に入った。クリムト『接吻』の一部を思わせるとまで、私は母への返信に書き、船便で現物を日本から送ってもらうことにして、当時夫婦で郊外に借りていた一軒家の玄関——広い分だけ殺風景に見えた。私たちが靴をほぼ最小限しか持たない習慣であったことも玄関の寂しさを際立たせた——にそれを飾った。時たま訪問してくるドイツ人——多くは妻と同じルーマニア系ドイツ人三世——たちは私の伯父の作品と聞くと、一様に目を見張ってくれた。ただし、工芸としてまだ粗いとひと言付け加えるのは、彼らの習慣であったろうか。

　ゲント伯父がその後も日夜作品作りに打ち込んだことは、私の実家に送られてくる木工製品——それらはまた、使用済みの段ボールを切って作り直された見事な箱に入っていた。母たちは伯父の箱を年に数回海外の私に送る日本の食品や書籍の入れ物として再利用したものだ。既製の段ボール箱よりよほど美しい、と言って——でもわかった。私はそうした伯父の業績を逐一スナップ写真で報告されていた。特にあの花台に興味を持って以降は。

ゲント伯父はその兄、私をドイツ語の世界に導いたケンスケ伯父と共に、私にとって特別な存在だった。物心ついた頃から大学受験が始まるまでの十数年、私は夏休みには必ず母方の実家を訪ね、長いこと滞在した。なぜか父の実家にはほとんど行ったことがなかった。父と母だけが短い挨拶に出かけていた記憶があるが、その形式的と思われる訪問も両親はじきにしなくなったのである。

どうした事情があったのだろうか。私——幼稚園児の私、小学生の私、中学生の私、高校生の私——は何も聞かなかった。従姉、叔母や伯母など女性ばかりが近隣から集まってきてひとつの屋敷に出入りし、あれこれと思いつくままにしゃべる中でも（秘密があれば彼女たちが口走らないはずがない、と思う。借金も不仲も酒の上での失敗も浪費も何もかも、一族の女性たちは畑の茄子や空豆が採り頃だという程度の調子でかえって軽々と話した）なぜ里帰りが母の実家優先であるのか、記憶を念入りに探るのだがどこにも答えが隠れていない。

ともかく、二人の伯父のうち、弟であるゲント伯父は特に私が幼な児だった頃からよく世話を焼いたのだと言う。まだ髪がふさふさしていた伯父が、台所のテーブルについて笑っていて、その膝の上に乗った一、二歳の私がぼんやり口を開けている白黒の写真がある。

私が四十歳を過ぎてから母がアルバムから剥がして手渡してくれたものだ。

　親族の間で「ゲント伯父ちゃんの子」としょっちゅうからかわれたと、写真をもらった際に母から聞いたし、生まれてすぐ母が体を悪くしたこともあって（乳腺症で高熱が下がらず、太い針金のようなもので脇の奥から何度も膿をかき出した、と母は言っていた）、私は二歳まで屋敷で育った。ゲント伯父が持つスプーンからしか物を食べなかったとも聞いたが（私は小食で親を困らせていたらしい。唯一食べるのが梅漬け――信州では梅を固く保ったまま紫蘇と塩で漬けることがある――で、伯父はそれを細かく刻んでごはんに混ぜることを考え出し、スプーンですくって私の閉じた唇をつついては、小さく開かせたのだそうだ。だから口を開けた私の写真は一族にとって特別な意味を持っていたのだ、とようやく私は気づく）、自分の心の奥にある今は亡きゲント伯父への変わらぬあたたかい気持ちは、そうした度重なる皮膚の接触や食事によって基礎づけられていたのだと、このように改めて文章に綴《つづ》ってみていっそうしみじみと理解する。それもいったん外国語で書き、母語へと訳すことで、私は幾度も伯父のもとへと帰って来続ける。

　原文も訳文もまずノートに書く。その時、ペン先がカリカリと紙に触れる。あとでコンピュータの中に文章を打ち直して整理をするが、そこでも私の指はキーボードに触れている。ゲント伯父の遠い昔の膝に触れ返すように、私は文字を綴る。ゲント伯父ちゃんの子と言われた私は（ただし、屋敷の周囲を歩き回れるようになると、町の至るところで「ケンスケさの子けえ？」と人懐っこい訛《なま》りで母の長兄の名を出されたものだ。私はいつでも誰か別の父の子だった。本当の父親の名前をまだ覚えていなかった私は、不機嫌になるか泣き出す以外になかった）。

　作業場の私を見下ろしているのは一匹の白い蛾である。蛾は例のサッシ窓の角あたりに体をぶつけ続けている。自らの鱗粉が舞うのか、他の蛾がこれまでに窓にこすりつけてきた粒子を浮き立たせているのか、蛍光灯の灯かりをぎらぎら映した強化ガラスの表面に薄い煙のような埃が絶えずあった。それはガラスに映って、向こう側にもかえってくっきりと存在した。羽は素早く震えて痙攣するかのようで、蛾は蜘蛛の巣がからんで塊になっている窓の下方の隅や、何か他の昆虫のサナギだろうか薄黄色く伸びてこびりついた膜のような汚れに向かって白くけばだった太い体を叩きつけ、その抽象画のようであろう視界に私たちをとらえている。蛾に私のふたつの目は見えていただろうか。話し続ける伯父を、私は途中から見ていなかった。私は蛾を見上げていた。そして蛾はこれまで何代も、何匹も、私の前で羽を震わせてきたのだと思った。

そもそも父自体がその家に懐いていた。母との結婚はまず同じ地方新聞の記者であったケンスケ伯父——ドイツ語に堪能だった伯父は高校で英語を教えるのを数年でやめ、新聞社に入って、海外からの記事や思想書を訳したり、労働運動を主導したりしていた——の紹介によるものだった。父は兄弟が多く（男八人、女一人の九人兄妹！）、自分の財産などなかったから、高校時代から新聞社に丁稚《でっち》のように出入りしてよく働き、入社を許されると労働組合にも積極的に参加していたらしい。陽気な酒を飲み、大声で語り、時に仲間と殴りあいの喧嘩などしている父を、ケンスケ伯父はひどく気に入った。うちの妹をやると言って、ケンスケ伯父は見合いの席を設けた。それがのちに私が夏の間寝泊まりする屋敷の一室だった。

たぶんあの奥の間を使ったろう、と私はその時の様子を思い浮かべることが出来る。まず父は私たち子供や女たちが滅多に使ったことのない玄関——狭い旧道に面した意外なほど小さな玄関で、ブロック塀に囲まれており、脇にツツジがひと叢植《むら》えられていた——から中に上がったはずだ。かつてその玄関から出入りしていたのは祖父だけで、祖父が特定郵便局長の座を次男のゲント伯父に譲ると、長兄のケンスケ伯父が東京から帰った時と、狭い玄関に小さな三輪トラックを置いていたゲント伯父のみがそこを使うようになった。

今考えてみれば、狭いとはいえ旧家の玄関に伯父はトラックを突っ込み、趣味の農作業のための道具、つまり泥だらけの鋤《すき》やスコップや肥料の袋などを上げ下ろししていたわけで、格式ばった家ならば絶対に許されることではなかっただろう。少なくともケンスケ伯父もゲント伯父もざっくばらんで実際的な性格なのだった。

磨《す》りガラスをはめた戸を開けて玄関から上がると暗い応接室があって、白いレース模様のクロスが掛けられた低いテーブルと、それを挟んで二脚ずつの椅子が整然と置かれていた。テーブルの上には重いガラス製の煙草入れがあり、銀色の蓋の下に真っ白な紙に包まれた煙草がぎっしりと詰まっていただろうし、父はそのうちの何本かを吸ったに違いない。

あの応接室はいつもそうだった。誰かが訪問していたのは確か一度きりで、私たち子供は静かにしているように言われて奥に引っ込んで息をひそめていた。何か厄介な話をゲント伯父がその誰かとしていた印象がある。ともかく、応接室は普段使われることがなかったのだが、思い出してみれば椅子の背にかかっていた白い布には必ず糊《のり》がかかっていたし、煙草入れをふとのぞけば煙草は一本も欠けることなく二段に並んでいた。

応接室の左手に、少し段が上がる形で十数畳の部屋がある。私たち一家が帰省すると、寝室にした場所だ。さらにその向こうが奥の間であった。八畳くらいあったろうか。

い、寝室と奥の間の外側、旧道の方に狭い廊下があった。廊下の部屋側には障子が連なり、外側には磨りガラスのはまった大きな引き戸が何枚もあった（その向こうが幅の狭い庭であったが、北側だしブロック塀が高く迫っていたため、いつでもじめじめして苔むしていた。やはりツツジがこんもり濃い緑の葉で縮こまっていたのを覚えている）。朝に雨戸を開け、夜には閉めるのだけれど、雨戸は全部で十枚ほどあって、私は日の差さない窓のためになぜそれを開けるのか、雨も降らない日になぜそれを閉めるのかよく疑問に思った。

奥の間には子供が入れないことになっていた。誰かにそう注意された気がするのだが、それが誰だったかはわからない。床の間があり、掛け軸があった。一輪挿しにも覚えがあるが、そこに花が挿してあったかどうか定かでない。部屋は厳粛な空気を持っていたが、同時に陰気だった。子供のみならず、大人がそこにいることも普段はなかった。

祖父が亡くなった時、さらに数年して祖母が息をひきとった時に、亡骸《なきがら》は病院からその部屋に運ばれた。棺桶から匂うナフタリンのようなものの記憶がある。祖父の時、高校生の私は棺桶の前に座って覚えたての般若心経《はんにゃしんぎょう》を披露し、従姉や伯母、とりわけ母を笑わせた。そのあと口ずさんでみせたドイツ語での賛美歌――東京でずっと隣に住んでいたケンスケ伯父に当時は意味もわからず暗記させられた――は完全に無視されたけれども……。

祖母の通夜の晩、私――ケンスケ伯父に紹介されて入ったドイツ西部の大学から、日本に一時帰国していた。親族の中には私の都合に合わせて祖母は亡くなったのだと冗談を言う人もいた。確かに祖母は私の将来を常に心配していた――は隣の寝室に布団を敷いた。死者の近くで眠ることに違和感があったが、それ以上に襖《ふすま》を閉め切った向こうで、母が唐突に嗚咽《おえつ》を始め、おばあちゃんおばあちゃんと泣きながら声をあげたのに驚いた。続いて、母を慰める伯母たちの声が聞こえた。五人兄妹の、母は末っ子だった。

　同じ部屋で、見合いが行われたに違いなかった。伯父たちの行動原理からすれば、形式的な紹介を奥の間ですませ、そこで酒や肴を十二分にふるまうと、のちに私たちの寝室になる部屋を再び通らせて左に折れ、どういう造りかつなぎの間としか言いようのない幅の狭い空間を抜けて、かつては囲炉裏もあった大きな居間、天井に黒く太い梁が見えている場所へと招いたのではないか。そこは右手に台所のある部屋を併設していたし、玄関側とは違って広い庭――庭の手前には風通しのいい廊下があって、数年後に生まれる私は一人になると必ずそこに座って外を見ることになる――に南面していたから、他の親族の者たちも気軽に次々と立ち寄り、庭に立ったまま宴には参加せずに父を値踏みしただろうと思う。

ちなみに居間からさらに左回りに移動すると祖父と祖母のこぢんまりした寝室で仏壇が奥にあった。襖が開くと、中から饐《す》えたような老人の匂いと線香の香りが流れてきた。そしてそこをもし通り抜ければまた別のつなぎの間が暗がりにあり、奥の間へと反対側から通じる。

祖父の屋敷はこうしてぐるぐる回れるような構造になっていた。ただし、私たち子供は祖父母の寝室に入ることなどまずなかった。その先のつなぎの間は少なくとも私の記憶の底で壁も太い柱も梁も天井も黒く塗られていた気がする。私はその部屋を隅々まで見たことがなかった。どこかは必ず闇に強く吸い込まれていて、奥まで視認出来なかった。

もうひとつ覚えているのは闇の方のつなぎの間に客人用の布団が高く積まれていたことで、私たち一家が屋敷を訪ねればそこから誰かが布団を持ってこなければならなかったのだが、私はそれを手伝わなかった。どちら回りで行くにせよ奥の間か祖父母の寝室を通らねばならず、緊張を強いられる。あまつさえ目的地は真っ暗で恐ろしく足がすくむほどだった。だから私は父か母か、ゲント伯父の妻ヒロコ伯母のあとについて奥の間の入り口あたりで待っていて、彼らが近くまで持ってきてくれる布団を急いで引きずって運んだ。

そうだ、話はその奥の間での見合いだったのに、私は想像の中で若い父について歩き、そこからずいぶん時間を飛ばして屋敷を一周してしまった。

「そのお見合いが面白くてなー、Sちゃん」

と、ゲント伯父から何度となく私は聞いたものだった。

「俺とツトムさで呑んでるうちに、子供の頃によくスイカ泥棒やったなあっちゅう話になってさ、必死に走ったもんだわって笑って笑って、おらあすっかりツトムさが気に入っちゃってねー。またお前のお父さんは酒が強いで、ケンスケ伯父《おい》ちゃんと俺と三人でまあえらい呑んでさ。ツトムさは結局その日、うちに泊まってっただうぇい」

信州ではさん付けをさで終わらせ、ちゃんをちゃで終わらせるから、父はツトムさ、母はミトちゃになる。それは近しさを示す発音だから、私はゲント伯父が父をツトムさと呼ぶのが好きだった。

子供はちゃんを付けられて愛される。私も毎年その信州の屋敷を訪ねていた頃は、Sちゃんと呼ばれていた。しかし親戚たちはその後、冠婚葬祭——とはいえ、私は日本を離れて長いからそう何度も機会があったわけではないが——で会うごとに少しずつ私に向かって、ちゃんという呼称を短く発音し始め、ある時自分がほとんどSちゃと言われていることに複雑な思いをした。その始めはゲント伯父だった。あの久しぶりの訪問で初めて私は、自分が伯父の粘る声でSちゃと呼ばれているのに気づいたのだった。

だが、それでも私をSさと言う者はいなかった。伯父もその他の親族も。それは血がつながっていないことを明確に示すからだ、と今になって私は理解する。父はだから、いつまでもツトムさだった。

あれほど母方の実家で、まるでその家の子供であるかのように私たちと一緒にゲント伯父について畑に行き、山に入って遊んでいても、ツトムさはツトムさだった。実際、父は私やゲント伯父の息子アキラなどと共に隊列を作り、子供たちの中の最年長であるかのような態度でしんがりを歩いた。畑の畝の合間を縫い、山の丈高い雑草を払って動き、田んぼのあぜを崩さないように注意しながら私たちが行く時、父はもう私の親ではなかった。父はゲント伯父の命令だけを聞き、ゲント伯父の判断で向かう方向を決め、ゲント伯父が休憩だと言って初めてあたりに腰を降ろした。私もそうだった。

父は男兄弟に囲まれて育ったから、母と結婚することで出来た年長の伯父を実の兄のように勘違いしたのではないか。いや、とそう考えてすぐ、私は思いもする。父が実際はとても細かく気を遣う人間だと、自分が大人になって知った日があったからだ。

あれは私が日本人の血を引く女性と再婚したあと（といっても、北アフリカ在住のイスラム文化研究グループの一人であるから、私はたまたま知人に会うために訪れたフェズの小さな大学構内で彼女と出会い、そのままその賑やかな街で暮していた）、四十代になってからのことだった。母の姉で次女であるエイコ伯母が胃潰瘍の手術を終えて退院し（本当は胃ガンだった。親族は知っていて医者と共にそれを隠した。信じられないことだが、その伯母はその後も何回か体のあちこちを切りながら十年を超えておおむね元気に生きた。自分がガンであることをたぶん知らずに）、それを機に私の父と母、母の長姉とその娘――つまり私の従姉――、そしてパスポートを更新しに帰国していた私とその新しい妻ジュンコが諏訪湖畔の宿に集まり、エイコ伯母の健闘をたたえたのだった。

父と母、私と妻はせっかく近くに来たのだから、と父方の祖父の墓参りをした。初めて諏訪市を訪れる妻ジュンコに先祖の菩提寺を紹介したいという父の思いもあったろうと思う。寺は諏訪湖から少し山側にあがった斜面にあり、さほど大きくない池の水面を動かしているのはきれいな柄の錦鯉だった。座敷にしばしいて抹茶などいただいた。それから裏手の、ブロック塀で囲まれた墓場に四人は出た。

その墓参りのあとのことだ。呼んでおいたタクシーに四人が乗り込み、泊まっている宿の名前を言うと、運転手は返事をしなかった。助手席の父はもう一度ゆっくりと繰り返す。

すると運転手は「ふん」とかなんとか言葉ではない声を出した。

車が坂を下り始めると、しかし父はそのつっけんどんな運転手に、その年の冬の御神渡《おみわた》り――厚く凍結した湖面が縮まって裂け、下の水が上がってきて凍ると、やがて膨張して上部の氷を持ち上げる。その現象が湖面を走るジグザグに見えるのを、神が渡ったと土地の人たちは考えるのだ、たぶん君はあの時耳にしただろうが――はどうだったのかとか、観光客は増えたかとか諏訪湖の花火はどうかとか、ごく一般的な質問を他県出身の人間のようにおずおずと聞いた。それもかすかに信州訛りのする言葉で。これは誰よりも運転手にとって混乱を招くような行為だった。

案の定、警戒心も芽生えたらしい運転手が必要最小限の答えを言うと、父は無用に感心し、うなずき、土地を誉めた。そのままでは会話は続かないから、すぐに次の質問を父はする。問いの冒頭に必ず父は、「運転手さんね」と丁寧に呼びかけた。なぜ仏頂面の彼をそこまで立てるのか、後部座席の私たちにはわからなかった。故郷を離れてしまった者の罪悪感か、実は知り合いででもあったのか。

宿に着いてすぐそのことを口にしたのは、母だった。エレベーターに乗りながら、

「お父さん、あんなにおしゃべりだった？」

と母は本人に少し遠回しに聞いた。すると父はにわかに撫然とした声音になり、

「気を遣ったのさ。俺だってあんなこと聞きたくもねえ」

と口の中に入った髪の毛でも吐き出すように言った。

「気を遣ったの？　タクシーの運転手に？」

思わず吹き出しながら私は言った。金属の箱は目的の四階に着き、扉が開いた。父は他の者を先に降りさせ、私の背後でひと言小さく答えた。

「サービスしなきゃならねえら。運転してもらってるだもんで」

「サービス」

母は驚いて高い声を上げた。妻は事情がわからず黙り込んでいた（もしかすると、まったく別なことを考えていたのかもしれない。唇の両端を軽くあげていたのを覚えているから。彼女にはそういう思索の癖があった）。

その時初めて、父が他人の反応を過敏に気にする性格であること、ないしは会わない間にそう変化していたことを知ったのだった。むしろ豪放磊落《ごうほうらいらく》と言われるタイプだった。若い頃から苦労もあって他人に優しいと、親族の間でも評判であった。その父がタクシーの中で追従を言い、卑屈に笑っていた。今の私なら、場の雰囲気を悪くしたくないという怖

れから来ていたのだろう、と考えることが出来る。自分にもその傾向は強くあるから。けれど、その諏訪湖畔の宿では違った。私は父に落胆したのである。

　同じように父は伯父たちに、もっと言えば周囲の者たちの雰囲気のために気を遣い続けていたのではないか。追従など言うわけではないにしても、父は私たち子供の位置に自らを置き、誰にも逆らう様子なく母の一族に同化してみせた。つまりサービスで。もしそうだとしたら、父の長い年月は私たち母の親族と血がつながっている者にとって、印象をすっかり変えてしまう。

　そもそも父は略奪をしたようなものだ、と私はずっと考えてきた。父と母は見合いをし（おそらくはあの部屋で）、母はその直後、この縁談はお断りして欲しいとゲント伯父に言ったそうだ。けれど先方に伝わらなかった、と母は自分が七十を過ぎてから、つまり私が四十を越えた頃、数年に一度は電話で笑いながら強調した。あたしはそういう人生、とも言った。

　一方で、ケンスケ伯父は父の実家に対して結婚の話を進めた。ゲント伯父は母の意志をケンスケ伯父に話さなかったのか、それとも二人の伯父は気に入った私の父をどうしても家に迎えたくて共謀したのだったか。どちらも亡くなってしまっている今となっては何もわからない。

ともかく、母は物のように父に渡された。だがしかし、本当は父こそが母の親族に奪い取られたのではないか、とも私はこれを書きながら考える。略奪されたのはどちらなのか、と。

新婚旅行は伊豆だったと聞いている。上諏訪駅を出る列車に乗り込んだ二人の写真を、私はいつの間にか形見分けのようにして譲り受けている。父はポマードをたっぷりつけたオールバックで前髪を少しはね上がらせており、席に座ったままこちらを見て快活に笑っている。すでに窓際には蜜柑やら弁当のフタやらが置かれているし、おそらく小さなコップには酒が注がれているのだろう。

その父に対面する形で、たぶん進行方向を背にする座席であろう、着物に羽織姿の母が浅く腰かけ、泣き出しそうな顔でレンズからわずかに目を外している。その母に漫画のフキダシをつけるとしたら、中には「助けて」という三文字以上にふさわしい言葉はない。

そして光る車内灯がガラス窓の内側をきらめかせているその写真の右端、ぎりぎり画面から切れそうな上方の宙に、ブレた点がひとつある。露光のいたずらで出来たかのような小さな楕円形。輪郭は溶けていて中心部が白く輝いている。

蛾。蛾は父と母の上から二人を見るでもなく、ただささかんに高速で震えて浮かんでいる。

そこから始まる事柄の数々はまた別の場所で書かれるだろう。今は繰り返し私たちの人生に現れるあの白い蛾に見下ろされたゲント伯父と私――つまり何はともあれ父母の間に一人息子として生まれ、のちにドイツ西部、そしてユトレヒトの大学院でヤーコプ・ベーメの神学を研究し、ロンドンに拠点のある商社に雇われたのち、欧州各地で暮らしながら翻訳を生業《なりわい》とすることになる自分――の話だ。

ゲント伯父は先に書いた通り、祖父から特定郵便局長の座を譲り受けたのだった。幼い頃の私にとって伯父はまじめな郵便屋さんで憧れの的だった。一度だけ、屋敷をずっと下りていった先の、街道が交わる大きな交差点の近くの郵便局――数年経って親族数人で出かけた温泉の帰り道、バスを降りた途端に私たちは突然のすさまじい雨にあった。交差点の、郵便局と反対側にある米屋で雨宿りをさせてもらっている時、私と従弟のアキラは広い道路の向こう、赤い建物の前に立つ幻のような若い女性に手招きされることになる（傘さえ差していなかった。大学生のようにバインダーを胸に抱きかかえ、彼女はずぶ濡れでいた）。道を渡って米屋の中に連れてこようとアキラと二人で走り出すのを止めたのは、異変に気づいた祖母だった。悪いものがいる、と祖母は背後で叫んだのだった。振り向き、また振り向き直す一瞬のうちに若い女性は消えていた。祖母は新興宗教に深く帰依しており、霊の存在を強く信じていた。私がやがてドイツ文学からルター派の信仰へと興味を移して大学院に入り、神学について議論して過ごすようになることを、あの時祖母は予知していただろうか――を勝手に訪ねてしまったことがある。

確か従姉のリョウちゃんがそばにいた。小学校低学年の私はどうしてもゲント伯父の郵便局に行きたいとだだをこねた。ゲント伯父の息子であるアキラは途中で姿をくらました。怒られるのを知っていたのだろう。結局、私のわがままをなんでも聞いてくれていたリョウちゃんが私の手を引いて、赤いポストの脇にある郵便局の引き戸を開けた。数人の知らない人々がいたが、特に女性職員がリョウちゃんの顔を認識し、奥の方へ声をかけた。窓口の奥に数台の机があり、さらに奥にゲント伯父の上半身が見えた。白壁を後ろにして伯父は微動だにしなかった。

リョウ、とまず従姉の名を呼び捨て、それから妙に間延びした声で、Sちゃんをきちんと連れて帰れと言った。私に向かってかすかに笑顔を見せたが、それは見たことのない表情で最初は笑顔だと思えなかった。ひやりとした。二度と来てはいけないとわかった。

その時着ていた紺色の制服姿で、いつものゲント伯父――私の記憶はおそらく土曜の半ドンに見た姿から来ているのだろう。ゲント伯父が昼からいてくれることに私は強い喜びを感じたに違いない――は柔らかな無表情のまま屋敷に帰ってきた。そしてヒロコ伯母に制服とシャツを脱いで渡し、ステテコとダボシャツに腹巻きという姿になった。制服――左胸に刺繡で何か書いてあったように思う。日本郵政公社、だったろうか――は居間の、伯父が座る家長の場所の後ろにハンガーで吊るされた。下であぐらをかき、ひっきりなしに煙草を吸いながら新聞を開いているのは服から抜け出た魂に見えた。私は魂の方が好きだった。

郵便局長の仕事の合間に、伯父はあちこちの土地で作物を育てた。それは祖父の代からの習いだった。『家の光』という農協――のちにＪＡと英語の頭文字で呼ばれるようになる！――の雑誌も屋敷には届いていたし、何か記号の書かれた板が伯父の作業帽の前に貼ってあって、組合に属していることを示していたが、実際に農作物を出荷している気配はまったくなかった。名誉職のようなものに伯父はついていたのかもしれない。

私は一人でいると頻繁に『家の光』を開く子供だった。新品種や農法のところを飛ばして、防虫のページに興味をひかれていた。虫の写真や絵を見ては、畑や田んぼに同じものがいないか覚えておこうと努力した。

その畑はまず屋敷の南の方にひとつあったのだけれど、そこまでの土地の様子をくわしく書けば、ある時期までの日本の農村の風景が思い描けるのではないか。少なくとも、私がどんな場所にいまだに愛着を持っているか、わずかなりともわかってもらえると思う。

　屋敷からわずかな傾斜で下っていく土地に庭があり、梅の木や大岩、昔は水も流していただろう小川めいたものが石で作られていた。庭の向こう側には柿の巨木があり、その背後に蔵があって左端の暗い通路——冒頭に書いた通り、私がゲント伯父と向かい合っている作業場はその細い通路をつぶして設営されたわけだ。昼間でも日光の入らない空間には農作業の道具が立てかけられたり、土壁に吊るされたりしていた。味噌の香りを思い出す。糠漬けの酸っぱいような匂いもした——を抜け出ると、蔵の真裏に私が小学校低学年くらいまでは鶏小屋があり、その前にぽかんと広い空間があいていて木組みの小屋が幾つか建っていた。かつては豚が飼われていたのをふと思い出す。藁《わら》をはむ牛の暗い目もうっすらと覚えているから、そこは家畜のための場所で、どこを歩いてもよくぬかるんでいた。揮発性の目にしみるような空気も漂っていたが、私が高学年になる頃には周囲はすべてただの物置へと作り直されるようになった。こうして自分の記憶をたどらなければ、豚も牛も私は忘れきっていたのである。

家畜小屋からさらにゆるやかに南へ下っていくと一軒の小さな家があり、中に祖父母の長女、フキ伯母が住んでいた。彼女をフキの名で呼ぶのは一部の大人――親族では祖父母、そして近所の人たち――だけで、親しい者は例外なく下のおばちゃんと言っていた。屋敷の下に土地をもらって家を建てたからである。下のおばちゃんの夫は戦地でとうの昔に亡くなっていた。遊びの途中で家に上がってゆでトウモロコシなど食べていると、仏壇の位《い》牌《はい》の前に軍帽をかぶった知らない若い人がこちらを見ていた。

かつて二人でこの土地をもらいうけ、三人の子供――一人が私を郵便局に連れて行ってくれたリョウちゃんである――を育てようとしたその人の存在を、私はうまく理解出来なかった。写真は知らない人を想像する手がかりにはならなかった。その人はいつまでも親しみのないまっすぐな目で私たちをとらえた。

その家の南側にも、猫の額ほどの横長の庭があった。サヤエンドウが植えられ、朝顔が咲き、松葉牡丹が並んで咲いていた（いずれも慎ましやかな植物だ）。そこで下のおばちゃんは物干し竿に布団をかけたり、洗濯物を吊るしたりした。屋敷の庭と同じく、そこでも右手に梅の木が植えられていた（こうして書いてみてわかることなのだが、それは私の父母がずっとのち、ようやく家を買った時にまた繰り返される。庭のまったく同じ位置に彼ら――おそらく母――は丈高い梅の木を植え、梅雨の前までにひとつ残らず実をとっては父と共にホワイトリカーやブランデーに漬け込んだのだ。大量の砂糖を入れて。船で送ってもらった梅酒の十年物五リットル数本を私は友人宅に預け、ステンレスの容器に詰め替えては気まぐれにヨーロッパの宿を転々とし、こうしてわずかずつなめながら文章を書き綴っているのでもある）。

　小さな庭の向こうが、一面の畑であった。畑の中央に耕していない場所があって、そこに一本の若い柿の木が立っており、落ちて重なる葉の上で実が黒く腐り臭気を立てていたのをよく覚えているし（ということは、私はおそらく夏休みぎりぎりまで信州に滞在したのだろう。あるいは柿の実は熟す前に養分不足で落ちてしまったのか）、下のおばちゃんがむしろこちらを責めるような調子で「どんどん実がなって採りきれないでねー」と言い訳をつかうのも度々だった。夫が生きていれば、という含みを私は感じていた。日本が戦争をしていたある日、そっけない通知が来て南方の戦線――パラオとも聞いたし、別のカタカナを聞いた記憶もある――で一人の兵士が亡くなったことを報《しら》せたのだった（ともあれ私はそれから四十年ほどして、沖縄の戦没者慰霊碑の中にその人の名前を見つけることになる。ゲント伯父と作業場にいる日の、一週間ほど前のことだ）。

屋敷から蔵、家畜の場所、下のおばちゃんの家、畑へとゆるやかに下る斜面に沿って、子供でさえ三歩も進めば渡れてしまう幅の私道が通っていた。向かい側はぽつんぽつんと建った数軒の家で、私が小学校高学年くらいまではどれも一階建てだったと思う。そちら側の土地の人たちを、屋敷の中では向かいと呼んでいた。その響きには新しいという意味が付与されていた。

　ともかく、そのこちらと向かいを分ける私道と畑の境にゲント伯父はトウモロコシを一列に植えていた。どれも私たち子供の倍くらいの高さがあった（それどころか祖母の葬儀の折、大学三年生の私でさえまだトウモロコシより背が低かった）。太い茎が天に向かって伸び、ススキめいた穂を風に揺らす中、互い違いに繁る青臭い葉は自重に耐えきれず折れ曲がる。その葉のところどころの脇に幾重もの黄緑色の苞《ほう》に包まれた実が斜めに差し込まれるように生えていて、先に金色の髪のような毛が湿っぽく垂れていた。私がのちにドイツの大学で院生になり、二年して後輩のヴェラ・エネスクと出会った時にまず最初に思い出したのはゲント伯父のトウモロコシだった。いずれ妻になるヴェラが肩の下まで伸ばした髪は細くからんでいて弱々しく、濡れて見えた。私は彼女にすぐマイスとドイツ語であだ名をつけた。トウモロコシ、と。そして陰毛が少しとうのたったトウモロコシの、茶色がかった毛の様子に似ていることを数週間後に知ったが、それは本人には言わなかった。

畑の方のトウモロコシの話に戻る。点々と並んだ緑の壁の内側には、畝ごとにトマトがあった。茄子があり、キュウリやイモや大根があった。子供の私は黒いハサミ――主に曲線で出来ている鉄の洒落たハサミで黒ずんでおり、屋敷ではゲント伯父だけが使うもので、それを持たされることに私は誇りを感じた――で伯父の言うまま、野菜を収穫した。

「さあ、Sちゃん、おいしそうだと思うやつを切ってごらんやれ」

伯父がまずそんな風に言ったのは、私が小学校に入りたての頃だったと思う。

「失敗《しっぺぇ》してもいくらでもあるに」

私がわざとヘタの周囲の青いトマトに興味をもち、子供の手には大き過ぎるハサミを持て余し気味に使えば、

「あれあれ？　Sちゃんのトマトはちょっと酸っぱいかもしれねえな。どうでえ？」

と伯父は真面目な顔で首を傾げ、食べてみるように誘った。すでに私が正しい答えを知っていることを、伯父は知らないふりをした。私はトマトのなるべく青いところをかじり、胸や手を汁でべとつかせながら、まるで平気な顔をした。すると伯父は、

「ほうけ。Sちゃんはほういうトマトが好きかい。ほじゃ、青いのだけとって帰《けえ》るか」

と言ってまだ赤みのどこにもない小さく固まったトマトに手を伸ばした。私は急いで首を振ってゲラゲラ笑い、真っ赤に熟した実をハサミで差した。ゲント伯父はまだ青い実だけを探そうとする。身をよじる私の笑いは狂躁的になった。その私と伯父の遊びに、従弟のアキラはいつでも退屈に耐える様子もなくよく付き合っていてくれたと思う。

　私道の向こう、畑の柿の木よりも下ったところに、ある夏、知らない小屋が出来ていたのを思い出す。向かいの人が一頭の山羊を飼い出したのだった（私とアキラはその家の玄関の前にある平たい石をどけて、よくハサミムシを捕まえており、自分たちだけの符牒でその家をハサミハウスと呼んでいた）。一体なんのためだったろうか。ともかく、前方の上半分を開け放した小屋の中で白い山羊はよく鳴いた。

　私とアキラはその山羊の斜視めいた、互い違いに別の方向を見るような瞳――泣いているように潤んでいたし、そのせいで世界が丸く映り込んでいることがあった――を見に、朝ご飯を食べると走って小屋の前まで行った。強い匂いがするので風下に立つのだが、山羊は左右どちらかの目、あるいは鼻をひくつかせて子供の存在に気づき、首をくねらせて私たちをにらむと、時に後ろ足で立ってはね、数枚ある小屋の前の板を前足で蹴った。抑制されない力の凶暴な音がした。

そこにゲント伯父が、いつものスクーター――すっかり薄汚れた白が基調で、そこに今ならペパーミントグリーンというだろう色に塗られた部分が混ざっていた。洒落たデザインだったと思う。伯父の膝の上に乗り、そのスクーターのハンドルの根元を握って街道をゆっくり移動している幼い自分を、私は風の流れで覚えている――でなく徒歩で私道を上がってきた。制服姿ですらりとした長身の伯父は別人のように見えた。しかし、私たちの近くまで来ると、ゲント伯父はいきなりトウモロコシの葉を一枚無造作にちぎった。すると、伯父はとろっと溶けるようにいつもの伯父になった。

「山羊っちゅうのは不思議なやつでな」

冗談を言うような笑顔で、ゲント伯父が私たちを見たのを思い出す。伯父は手に持った葉を小屋に近づけた。山羊は首を伸ばして長い葉の先をくわえ、どういう仕組みかツルツルと喉の奥へと呑み込んでいった。ハサミハウスの窓の網戸の向こう、暗い部屋の中に人がいるのがわかったが、私は黙っていた。

「いくらでも葉っぱを食うだよ。だけんどな」

そう言って伯父はまたトウモロコシの葉を一枚ちぎり、その上に音を立てて唾を吐くと、隠すように一度たたんでアキラに渡し、山羊に与えるように言った。おそるおそるアキラが近づけた葉を、山羊は確かめる間さえなく嫌がり、鎖の音をさせて小屋の奥へ頭を向けた。網戸の中の影がわずかに動いた。伯父は咳き込むように笑った。

「人間の唾だけはつけてくれるなっちゅうだ」

しかし、私たち子供は笑わなかった。神秘に魅入られたようになった私とアキラは、制服姿のままトウモロコシの間から畑へ分け入っていくゲント伯父の背中をしばらく見ていたが、やがて自分たちも葉をちぎり始め、それをぶるぶる振って山羊の関心をひいて食べさせると、続いてトウモロコシの穂の上に止まっていた赤とんぼをとって葉に挟んで突き出し、それもムシャムシャ呑み込んでしまう山羊をバカだバカだとからかい、ついに私から唾入りの葉を与えて怒らせた。そのうち、私たちは自分の唾をどれだけ小屋の奥まで吐き飛ばせるかの競争を始めた。

ゲント伯父は若い柿の木にかけてあったビク——植物の皮で編んであってひどく大きく、いっぱいに収穫物を入れれば大人の男でもかつぎきれないほどで、両肩にかける部分はヒロコ伯母がよくはいているモンペと同じ柄の生地で出来ていた——に何かを入れていた。採りどきのサヤエンドウか、よく曲ったキュウリか何かを。ハサミハウスの中にいる背の低い人影は、伯父がいる間じっと動かなかった。

蛇にあったら動かずに伯父《おい》ちゃんを呼べ、と言われたこともあった。山羊についての偏った知識を教えられたのと同じ頃だったように思う。玄関側の街道を峠の方へ上がっていった先の山の斜面に、ゲント伯父は水田を作っており、その上の段の畑でスイカを育てていた。

「でけえ蛇だって、煙草を一本丸ごとちょちょいと口から詰めてやりゃあ死んじまうでな」

黒いゴム長靴を履いた伯父はあぜ道に立って表情なくそう言い、火のついた煙草——携帯用の煙草入れから取り出したピースだった。大きな缶に入ったものをゲント伯父はいつも小分けにして持っていた——を軽く振ってみせた。夕方で赤い光の点は田の水面にも映った。背後の森がカサカサ風で鳴っていた。ヒグラシが高いところで私に向かって鳴き始めていた。

周囲にアキラも父もいたように思う。ひょっとすると母や伯母たちもいたかもしれない。山と言われるその場所には小川が流れ、耕作放棄地には花が咲き乱れていた。山の奥へ入れば、信州人の好きなジコウボウというキノコ——一般にはハナイグチと呼ばれる——が採れた。それで親族は遊びの日に連れ立って山へ出かけることがあった。

初めの頃はおにぎりとおかずを持っていき、ただ山の斜面に座っていた。それだけで半日が過ぎた。やがてスイカを採り、小川で冷やして食べるのが決まりになった。半分に切ってスプーンで果肉を掘り出して食べた子供たちのうち、私とアキラが交互にそのスイカの皮を頭にかぶったのを覚えている。大人は笑いさざめいた。そののち何年も、山と言えばその思い出話になるほどだった。

そのうちカセットコンロが流通し始め、鍋を運び野菜を運んでカレーを作るようになると、大人が山の斜面に座っていることは少なくなった。私たち子供もなんやかやと手伝いを命じられ、最初のあのどこまでも伸びる透明なパイプの中の空洞のような時間は縮んでいった。仕方なく、私とアキラは森に近づくようになり、藪に隠れて労働を避けたが、傾斜がきつくなる木々の方には絶対に足を踏み入れなかった。それはゲント伯父、ケンスケ伯父、そして父から強く禁じられていて、森付近では大人の付き添いがないと身体が石のように固まってしまうのだった。

斜面からは遠く諏訪湖を望むことが出来た。晴れた午後など湖面は金属のようにピカピカ光っていて、それが水だとは理解出来ないほどだった。おかしなものでその景色をひどく感慨深く思い返すのは、離婚もし、一時帰国したのちに伯父の話を聞くため一人で屋敷を訪ねてからのことで、子供の頃はそこから何が見えるかなどなんの意味もなかった。年齢を重ねるとなぜ人は名所旧跡や景勝地を尊いと思い始めるのか。かつての姿を失っていくからか。何度となく他人に言い聞かされてだろうか。この懐かしさ自体、偽造されたものなのかもしれないと今、私は疑いもする。

伯父は暇さえあれば煙草をくわえていた。食事をする、風呂に入る、眠る以外の時間を煙草を吸うことに費やしながら、仕事をし、趣味の農作業に没頭し、新聞を読み、酒を飲んだ。下のおばちゃんも、ゲント伯父より年上のエイコ伯母——自分がガンとは知らずにいたあの人だ。伯母はある種の外国人を思わせるドライな立ち振る舞いが常に印象的で(例えば私たちが東京へ帰る折など、駅まで見送ってくれるが電車が入ってくると早くも背を向け、そのままでこちらに手を振っていたりした)、死ぬまで皮肉屋でお洒落だった。最初の手術成功を祝う宿での集まりの時も、それなりに有名なレストランを予約した我々の前でエイコ伯母はふた口ほど前菜を食べてすぐ、ずいぶん味が落ちたのよ、こんなものに付き合うくらいなら、あたしの漬物でお茶でも飲みにうちに来ない?と私の妻にウィンクした。当時七十歳を越えていた伯母は、容姿も含めて知り合いの頑固なギリシャ人女性にきわめてよく似ていた——も、まして祖母も彼の喫煙には厳しい態度で接していた。

「ゲント、そんなに吸ったらいけないいえ」

という女言葉——必ず荒い語気だった——でそれが発せられる場面を私は何度も見た。

だが、誰がそれを言っているのかを覚えていない。年上の女たちの誰もが伯父に忠告をしたのだろう。

中学生になり、丸刈りになった私の前で伯父は咳き込むことが多くなった。特に喫煙の間の咳は苦しそうで、伯父は赤ら顔をより赤くし、頬をふくらませては咳を吐いた。息を吸うとヒューッという音が胸のあたりからした。左の拳を口元に寄せて、ゲント伯父は背中を丸めた。右手の先で煙草が燃えていた。

ある日、いつものように、いやいつもよりも強い調子で伯父より年上の誰かが、咳の止まらない伯父に意見をした。

「そんな咳が出るようじゃ、肺ガンかもしれないいえ。もう煙草はおやめ」

言われた伯父は（もし言ったのがエイコ伯母だったなら皮肉な話だ。自分が先にガンを患うのだから）、信じられないというような顔を作って、すぐさまこう答えた。

「バカなこと言っちゃいけねえ。俺はこの咳がしたくて吸ってるだで」

これにはまわりの者みなが笑わされた。私も笑った。ゲント伯父自身も居間の大きなコタツ——夏でもそれは出ていた。朝晩には赤外線を点けることさえあった——の上座でゴホゴホ咳き込みながら他人事のように笑っていた。

「ゲントもしょうがないね」

誰かがそう言っただろう。ゲント伯父の冗談のおかしさは親族、あるいは近所の知人たちの間でもよく知られていた。辛辣だったり、言葉遣いが乱暴だったりしても、伯父の冗談は周囲の緊張をゆるめた。

いつだったか、山の斜面から諏訪湖の花火を見たことがあった（真正面に位置する絶好の穴場を父祖からの土地として持っていたにもかかわらず、母の親族はその一度しか見物には出かけなかった。運転する男たちが酒を飲めない、というだけの理由だった。たった一度の花火見物の時、伯父を含めた数人は家からほろ酔いで運転をした。伯母たちはそれをとがめたのである。伯父はそれなら二度とお前たちを運ばないとかたくなになった）。夕食をすませてから私たちは何台かの車に乗って闇の中を移動し、遠い群青色の空に広がるまばゆい花火と、湖面に映るきらめきを見た。花火大会の終わり近くに最も高く最も大きく広がった光を見て、ゲント伯父は感に堪えないといった調子で言った。

「ああ、あの花火に市長くっつけて打っちまえばよかったになあ」

どういう政治的ないきさつがあったかは知らない。少なくともこの言葉を聞いた親族のみならず、あたりにビニールシートを敷いて花火見物をしていた人たちまでが吹き出し、笑ってはいけないことらしく口元を押さえたりしてあとをこらえていた。

私は留学時代、ドイツ西部でもユトレヒトでもロンドンの下町でも、そこから足を伸ばしていったバルカン半島のリゾート地でも態度や発言を面白がられた。そうした時のほとんど、私は伯父譲りの言い回しや物の見方をしていた（どんな言語を使っている時でも）。だから今でも自分は、ゲント伯父の弟子のような気持ちでいる。自然との付き合い方も人へのユーモアも、私は伯父から基礎を学んだのだった。

ずいぶん遠回りをした。私は今また、ゲント伯父と例の作業場にいる。十五年前の一九九九年夏、私はすでにルール地方の大学の院を出ていたが、神学の研究は財団などに所属して行わず個人で専念することにして、アルバイトでやっていた翻訳の仕事を本格的に始め、二年遅れで院を卒業するはずのヴェラ――私と違って彼女は近世のドイツ文学を専攻するコースにいた――と二人で三角屋根を二つ持つ一軒家に暮らしているはずだった。けれどその一年ほど前からヴェラの神経が病み始めた。同学年の学生との同性間での恋愛関係のもつれがあったと思う。私の飲酒後の幾度かの暴力も引きがねとして働いただろう。

もともとのヴェラの父親への不信も影を落としている、と担当の精神科医は言った。理由はなんであれ、私にとって彼女は点在する地雷そのものだった。どこでいつどんな爆発をするかわからなかった。スーパーマーケットでの金の払い方か、大学への書類の出し方か、仕事の打ち合わせでかかってくる女性からの電話にヴェラの理解しない日本語で答えていることか、あるいはカフェの前の空をカラスが横切ったことか。そして彼女は私の脅えを愛情の喪失と受け取り、泣き叫んであたりのものを投げ壊し、一斉メールで友人に私が悪魔の手先であることを訴え、自傷を繰り返し、私の精神を痛めつけるための言葉に熟達した。

三十二歳の私は、二つ年下の彼女との婚姻関係を本人というよりは行政の力、そして彼女の両親の犠牲的な助けによって解き、その二ヶ月後、父母の住む東京へと着の身着のままで移動した。もともと所有物は少なかったし、必要な書籍は友人がベルリンに持っている倉庫へ移してあった。私とヴェラはどちらも根拠地のない暮らしを目指していたから、トランクに入る服とノートパソコンと愛用の筆記具一式だけ持って、私は彼女から離れた。白くて窓のない病室に眠っているその人と。

帰国後、私が長く滞在するには実家は狭かった（かつては三人で広々と暮らしていたのに)。かといって、次の拠点をどこにするあてもなかった。当時、私はあるヨーロッパ企業の経営者——信心深い教養人として知られるまだ四十代の男だったが、その後薬物依存で施設に入ることになる——から依頼されて『地下での火の歴史』という大部の本をドイツ語から英語に訳していた。冒頭の数章をメールで入稿すると前払いの入金があり、それは三ヶ月ほど生活していける額になった。安いホテルに滞在していれば、私は世界中どこにいてもよかった。

　里帰りの翌日、私は母から親族の噂を聞き、ふと懐かしさにとらわれて昔話をねだったのだった。老いた母は喉が嗄《か》れるほどよくしゃべった。ビニールのテーブルクロスをかけたテーブルをはさんで、私は母からゲント伯父のこと、下のおばちゃんのこと、祖父母のこと、ケンスケ伯父のことなどを飛び飛びに、彼女の思い出すままに聞き、メモをとった。親族の中で繰り返されてきた逸話の中には、私の知らない話もあった。詳細を母が知らないケースも多かった。私は数日、午後起き出してきて母の前にいた。父は背後でずっとテレビを無音で見ているか、新聞を片手に二階へあがって寝てしまうかだった。

　私は自分が聞き出せる範囲でよいから、屋敷をめぐる自分たち親族の過去を知りたいと思った。特に祖父のことを理解したかった。晩年の、徘徊まではしないものの老人ボケで幾つもの逸話を残した祖父しか私は知らなかった。ところが、母の話では祖父は土地の伝説のような人物なのだった。彼は多数の会社の株を多く保有し、胸のすくような浪費も行った。その豊富な資金をどうやって得ていたのか、土地は代々のものだとしても、第二次大戦の間に醤油工場を朝鮮半島に進出させるほどの政治力はどこから来ていたのか。一族はおかげで例えばケンスケ伯父のようにドイツ語を好きなだけ学んで労働運動に身を投じ、ゲント伯父のように郵便局長になり、夏が来る度に子供たちが集まってくる屋敷を受け継いだのだった。

知らなかったことだから知りたいと、私は思ったのだろうか。少なくとも証言者が一人ずつ亡くなってしまう前に、彼らの記憶を引き出しておきたいと私は焦るような思いに駆られた。人生の場面は壊れれば元には戻らない、という覚えたての認識——というよりは限度のない、ほぼ本能的とさえ言えるほどになった深い怖れ——が働いた可能性はある。つまり狂気と正気の淵をゆらゆら歩き、向こう側へ墜ちていったヴェラ・エネスクとのことが。

だとしても、ゲント伯父の話をあの作業場で聞き、内容は一切耳に入れようとせずに蛾を見ていた私のことを、小説に書くよう勧めたのがヴェラであるはずもない。それは彼女と別れたあとの出来事だから。

四年後に再婚した妻だった。彼女と出会ってすぐ、つまり二〇〇二年の十月初め、北アフリカの真っ青な空がまるで地の底のように見える日の教室で、私は信州の作業場での体験を、不意に話し出したのだった。澄んだ空気が似ていたのかもしれなかった。ゲント伯父が何を言ったのか、まるで覚えていないと私はそこを特に強調した。なのに、その時間の感覚だけが脳裏にべったりと貼りついているのだ、と。彼女はしばらく黙ってうなずいていて、やがて「それがあなたの小説の主題になるんじゃないですか」と静かに、久しぶりに発音する日本語を薄い唇の奥で噛んで味わうように言った。

「え、何が？　伯父のことが？」

私はとまどった。意図がはかれなかった。翌年妻になる女性はすぐには答えなかった。彼女はイスラム教徒ではなかったが、彼らを尊重して刺繍入りの布で髪を隠していた。

「蛾ですか？」

私がたたみかけるようにそう言うと、

「いや、覚えていないということが」

と彼女は誰かを思い出させる表情で顔を上げ、快活に笑いながら言った。あの頃は彼女もまたそうした明るい目を持っていた。鈴が鳴るような声が今も耳に残っている。

「けれど、その時間を忘れられないということが」

と、彼女は自分に向けているように小さくつぶやいた。それからもうひとつ何か言ったが、思い出すことが出来ない。ふと窓から外を見やった私は、左から右へ飛び過ぎる昆虫に気をとられてしまったのだった。北アフリカの茶色い甲虫らしきものに。

私はそれまで翻訳を生業にして暮らしていたが、確かに自分の小説を書きたいという欲望は、石の下で動かない冷たい虫のようにあった。ジュンコ・スタンジェ——母親が日本人で、父親はオランダ人だが、彼女自身はほとんど日本人にしか見えなかった。父親の髪も目も黒かった——がそれを見つけたのかどうかはわからないが、少なくとも何も汲み出すべきものがないと私が考えている記憶の奥にこそ書くべき何かが潜んでいると感じたらしく思われた（数年後、この会話について確認をすると、妻になっていた彼女は「記憶の奥、じゃなくて表面かな。だから潜んでいるんじゃなく、浮かんでいる感じがした。まさに蛾みたいに」と発音の少し人工的な日本語、そして最後は別な言語で私の理解を訂正した）。

かけなくてよい気温の中で冷房を利かせている教室での、彼女のひと言はしかし当時まったく納得出来ないものだった。作業場でのことはいつまでも思い出せないのだから、書いたところですぐに頓挫すると思っていた。

しかし今、私は書き出しているのだ。記憶の表面に浮かんでいる何かについて。翻訳仕事の時と同じく、母方の珍しい苗字を借りて。だが発表するあてもなく。

これまで他人の文を訳すことしかしてこなかった仮蜜《かりみ》柑《かん》三吉という私は、ドイツ語、英語を混ぜて書き、それを自ら日本語に訳すだろう（こうして）。

実家で母の話をおおかた聞き終えた私は、まず那覇へ行くことにしたのだった。下のおばちゃんの夫、つまり私が会ったことのない伯父の痕跡を探すことから一族を把握してみようと考えたといえばいかにもそれらしいが、実際はユトレヒトで知り合った日本人の美術家が名護――沖縄本島の北に位置し、米軍基地の移転先として名の挙がる辺野古《へのこ》を南に抱える――の先のビーチリゾートで結婚式を挙げるとちょうど連絡があったのだ。

八月初旬の那覇は暑かった。のろのろと温風が吹く空港で美術家は私を待ち受けてくれており、そのまま平和祈念公園へと中古車を走らせてくれた。美術家はサナさんといい、見かけはゆったりしたインド更紗のワンピース姿だったが遺伝子上は男性だった。

サナさんは一回り年下のピチピチの男の子と式を挙げるのだ、と私に自慢気に言った。

結婚は日本の法律で認められたものではなく、友人たちの好意によってだけ支えられた。汗がファンデーションを浮き立たせてしまうのかサナさんの横顔は溶いた小麦粉を塗ったようになっており、濃い化粧が顎のあたりでひび割れてヒゲが飛び出ていた。ユトレヒトのカフェやクラブでいつも美しかったサナさんは、沖縄の荒々しい自然を前にして別人になり始めていると思った。

本島を南に下り、一時間もしないうちに平和祈念公園の駐車場に着いた。一台だけ観光バスのようなものが停まっていたが、人はどこにもいなかった。大きな白い塔が見え、上部が割れて天を刺していた。空は青く雲は少なかった。車から降りたサナさんはラメを貼り込んだトートバッグからつばの広い麦わら帽を出し、サングラスをかけた。

「あなたのオジさまはどこ？」

サナさんは低い声を出してきょろきょろした。私は碑に刻んであるらしいんですとだけ答え、ポケットに入っていたメモを取り出した。母から名前を聞いていた（けれど、母自身はその碑を見たことがなかった。死ぬまでに一度沖縄に行きたい、テイジ伯父さんの碑の前で手を合わせたいと母が言うのを何度か聞いたが、飛行機に乗ったことさえない母には機会がなかったし、特に今はもうその体力はないだろう）。何度読んでも馴染むことが出来ない名前。苗字は知っているのに下の名がまるで暗号のように見えた。

炎天下のエントランス広場を行き、平和祈念資料館を通り抜けて広大な太平洋の遠い響きの方へ向かっていくと、Tシャツ姿でいる私の背中に汗が次から次へと噴き出し始め、とろとろと流れて背後から撃たれて血を流しているような気になった。やがて、御影石であろうか、黒っぽく艶のある石板が五面ずつ、あるいは三面ずつ、屏風のように点々と建って、中央の広場を半円形に囲む形になっているのが見えた。海に向かって右ウィングは石板群で埋まっていたが、中央と左はまだ空白だった。そのせいで全体が、片羽だけを広げて動きを止めてしまった蝶のように感じられた。碑には横書きでびっしりと戦没者の名前が刻まれていて、私もサナさんも改めてその数の多さに息をのんだ。低い海鳴りが続いていた。

県別になっていることがわかって、私は長野県の碑を探した。暑いからゆっくりと歩いた。じきに県は出て来た。そこからあの屋敷のある町の名前を探して、私とサナさんは移動した。そして、見知らぬ伯父の名を、私はある面の少し下の方に見つけた。だが、どうしていいかわからなかった。考えてもいなかった。

サナさんはワンピースの裾をたくしこみながら、伯父の名前の前に座り、目をつぶって手を合わせた。そして事情を知りもしないのに、来ましたよと言った。空の上にカモメのような白い鳥が飛んでいた。私はサナさんを真似て座り込み、両膝をアスファルトにつけて胸の前で十字を切った。来ました、と私も心の中で言った。だからなんだ、今頃になってと遠くから責められれば答えようはなかった。目を閉じた。鳥が悲鳴のような声をあげる中、風がゆるやかに吹いていた。

目を開けると、サナさんがトートバッグから赤い布を出していた。布はしわしわで場所によってはぬめるように光っていた。

「これしかなくてごめんね、オジさま」

サナさんはそう言いながら、小さな布で碑の、伯父の名前のところをごしごしこすった。

「それ、何ですか?」

私は宗教的な道具だろうと思った。

「あたしのパンティ」

そう言ってサナさんはえへへと笑った。なぜ下着を一枚、バッグに入れて持ち歩いているのだろう。碑をこする力はより強くなったように見えた。

「そんなもので拭いちゃだめでしょう」

と私はわずかに声を荒げた。するとサナさんは満面に笑みを浮かべ、すっかり垂れ目になって私に舌足らずの言葉を放った。

「そうかしら？　かえって喜んでらっしゃると思うわよ」

私は苦笑した。女性ではない人の女性用下着に見知らぬ伯父はとまどっているのではないか。けれど碑をきれいにしようというサナさんの気持ちを否定することも出来なかった。派手な下着で伯父の名前の周囲がぴかぴかに光り出すのを見れば、なおさら私は納得のいかないまま、しかし白く太い二の腕を動かし続けるサナさんに頭を下げるしかなかった。

そこから那覇に戻り、私はバスで、花嫁は特別な迎えの黒い車で名護へと向かった。そのあとに相次ぐ悲惨な出来事は、ここでは割愛する。ともかく、私はこうして二十世紀も終わりかけの年に見知らぬ親族の名を刻んだ慰霊碑を訪れ、実家に帰るとその夕方、信州の屋敷へ電話――私が自分からかけたのはそれが初めてのことだった。まず母からかけて代わってくれと頼んだが、彼女はそれを妙にきっぱりと断った。Sちゃんが知りたいことを聞きに行くのだからSちゃんが自分でそう言いなさいと母はしごくまともな意見を述べた――をした。

電話に出たのも、それから一週間後に屋敷の前でタクシーから降りる私を出迎えたのもゲント伯父だった。あの小さな玄関の戸を引いた伯父は、ガラスに施された波形の歪みの向こうにいてさえ老いているとわかった。腰が少し曲り、やせていて動作が遅かった。祖母の葬式で会ってからたった十年。しかし当時二十代前半だった私と、六十近かった伯父とではその後の年月の速度がずれていた。

伯父は私を見てクイズの正解を出す調子で私の名前を呼び、うれしそうに笑って屋敷の中へ導いた。一人前の客になったかのように私は応接間を通り、すぐに左横の寝室へ行って隅にデイパックを置くと、結局いつもの居間へ移動した。伯父はまだヒロコ伯母が買い物から帰っていないと言った。玄関に車がなかったのはそのせいだったのかと思った。昔、車を運転するのはほぼ伯父だけだったが（よほど急用の時にだけヒロコ伯母はハンドルを握った）アキラやその妹のケイちゃんも職について結婚し、それぞれ県外に暮らしていた。二人暮らしの伯父たちは新しい様式で生活を始めていた。

それから二泊三日、私は伯父がふと思い出して語り始めるのを待つ形で（時にはヒロコ伯母の厳密な事実を重視する立場からの補足も含めて）祖父の話を聞いた。話は自然に祖母のことにも移った。その前の代の仮蜜柑家の人々の言い伝えめいた事柄、あるいはケンスケ伯父や下のおばちゃん、私の両親の昔話にもなった。

右のように短くまとめると、伯父はいかにも理路を追って昔語りをしたようだけれども、もちろんそれは違う。ほとんどの時間、むしろ伯父は私を屋敷のある町のあちこちへ連れ回すばかりだった。なぜそうしたのか、いまだに私にはわからない。東京からの電話で私は祖父のこと、ゲント伯父《おい》ちゃんのことが知りたくなって、と言った。いつか小説のように書くかもしれないし、とも伝えた。電話口で伯父は「ほうけ。俺も大役をまかせていただいて名誉なことだなあ。せいぜい思い出しておくに、ゆっくり泊まっていってくれや」と答えた。

しかし、伯父は屋敷を訪ねた私を誘って蔵の前へ行き、柿の大木がずいぶん弱っていると言いながら、縦に通った幾つもの筋――そのたくさんの筋は私が物心ついた時からすでに固くそり立ち、常に乾いていて、木登りをしようとすると手足が痛んだ――をさすってみせた。もう実が何年もならないのだと伯父は嘆いた。蔵も見るかい、と言うので仕方なくうなずいた。自分が知りたいこととは別だと感じたが、では見たくないかといえばそうでもなかった。埃の匂いが充満する蔵の奥で階段をのぼり、天井の低い二階で背をかがめながらアキラの置いていった漫画全集や、ケイちゃんの学習机、祖母の嫁入り道具としての長もちなどがみな同じように褐色の砂をかぶっているのを私は眺めた。伯父は黙ってきょろきょろしていた。何かを探しているように思えた。

　さらに作業場を通って、以前は家畜たちがいた空き地を過ぎ、いまや誰も住んでいない下のおばちゃんの家——七十代になっていたフキ伯母はその三年前から、独身のまま東京で四十歳を越したリョウちゃんのマンションに引っ越していた（そして、リョウちゃんこそ私より前に海外に出て英語を駆使し、金融会社を渡り歩いて短い期間にそれなりの財を築いたあと帰国していた。一度、私が翻訳の仕事を本格的に始めたばかりの頃、エージェントとの交渉のために滞在していたロンドンのカフェで彼女と待ち合わせ、中華料理を食べたことがあったのだが、日本語で話す間にもリョウちゃんは車のムスタングのことをマスタンと発音していて、私は店の賑やかさの中でしばし文意を見失ったままだった。それからあと、私たちは英語でしゃべることにしたが、ひと言ずつが自分たちを過去という本体から刃物で切り剝がしていく感覚に襲われた）——の脇も早足で通り過ぎて、あの畑へと向かった。

　トウモロコシもサヤエンドウも茄子も植えられていなかった。若かった柿の木の手前にプラスチックの棒が二本ずつ等間隔で交差していて、そこにトマトの枝や葉がからんでいた。赤く熟れた実がそこここにあったが、伯父は私にとらせることもなく、自分もとらなかった。

「こんな感じだうぇい」

伯父は周囲を見渡してそう言っただけだった。向かいの家々は立派になっていた。山羊はとっくにいなかったし、小屋もなく、それどころかハサミハウスは二階建てのアパートに変わっていた。畑の一番奥の向こうには昔から小道が横切っていて所有地の境を示していたが、伯父ではない者の土地には色とりどりの建て売り住宅が並び、かつての雑木林は片鱗ひとつなかった。左手の民家に影を落としているのは高いビルで、屋上には企業の広告看板が出ていた。

その翌日、伯父はバンに私を乗せて細い街道を行き、山の方へ向かった。途中にあるよろず屋は面積こそ変わらないものの、商品をまぶしく照らすスーパーマーケット然としていた。新築の住宅も左右に多かった。バンはじきに胸突き八丁の坂をのぼり、山の前まで来たのだが、伯父はそこで止まる気配を見せなかった。

S峠へと近づいたバンはひとつの山の上を通っていた。来た覚えのない頂あたりで伯父はようやくブレーキを踏み、エンジンを切った。風通しのいいところで、左手には小山が重なるのが見下ろせた。伯父は右側の山——杉と竹ばかりが乱雑に生えていて、湿った土の上に青蛙が大量発生していた――にしつらえられた十数段の石段をすたすた登った。よく来ているのだなと思いながら、私はあとをついて歩いた。

簡素な白木で作り直された小さな阿弥陀堂が上にあった。街道筋に点々とあるものなのだろうか、消えた灯明の横にリンゴがひとつ置かれてあった。柔らかい金網が張ってある向こうにニスの色の濃い阿弥陀が座っていた。拙い作りだと感じている私に、

「Sちゃん、ここへは連れて来たよなあ」

と、合掌していた伯父は振り向いて真剣な顔をした。カラスが木の上で威嚇するようにひと鳴きした。伯父はいつの間にか数珠を両手にからめていた。私は一度も来たことがないと思ったが、目を伏せて首をひねりながらうーんとうなり、記憶を探るふりをした。

「ここの仏様、拝んだことねえかい？」

伯父は私と同じように首をひねった。

「何度か連れて来たと思うだがなあ。こういう小せえ御堂やら社やらが、ここいらには点々とあるだけんど」

ゲント伯父は少し話の方向を変えた。私はふーんと言ったが、すぐに試されていたのだとわかった。さあっと下の方から風が吹いた。伯父はそうした宗教的な場所へ子供の私を

連れて来たという記憶があり、私の方にはそれがないことを確かめているのだった。

バンは山まで戻って止まった。急に若返ったように伯父は車を飛び降り、懐かしい歩調で山の斜面をぐいぐいあがって行った。かつて田んぼだったあたり——田は潰されて畑になり、ネギが何列か黒々と盛り上がった土の間に植えられていた。昔、屋敷の下の畑にもそうした畝はあった。伯父はかがみ込んで土を両手でネギの根元に寄せ、「こうしてやるとネギの野郎、ずいぶん上へ育ったつもりだったがまだ足りねえようだなとだまされてさ、もうひと伸びするだよ」と教えてくれたものだった——で伯父は体の向きを変え、腰の後ろに手を当てて下界を見た。

諏訪湖を見はるかす景色の手前に、幅の広い灰色の布のようなものが横たわっていた。布はその向こうでくねくねと曲ってもいて、上を音もなく自動車が左右に走っているのが夢のように感じられた。

「伯父《おい》ちゃん、あれは何?」

「Sちゃん、見たことなかったけえ?」

ないと答えると、ゲント伯父はまた首を傾げた。私とそっくりの癖で。

伯父はそれがずいぶん前に出来た高速道路で、おばあちゃんが亡くなった年にはとっくに車が走っていたと言った。あの時、Sちゃんは一人でメロンを取りに俺のスクーターで山へ行ったじゃあ、と伯父は煙草に火をつけて続けた（屋敷の中ではヒロコ伯母の監視が厳しかったから、ゲント伯父は自由な喫煙のために私を連れ回しているようにも思えた）。操作がわからないまま乗った大学生の私は、急な坂でエンジンをふかしたが同時に力が入ってブレーキも作動させてしまい、急停止したスクーターから吹っ飛ばされて前転し、小さな砂利の上で顔を擦って顎にたくさんの傷――今も縦に何本か、その事故の跡が残っている――を作って、血を流したのだった。

「それでもメロンは取ってきた、あの時？」

「そう、あの時」

と言って伯父はくぐもった笑い声を放った。私の鼻の下は当時伸ばしていたヒゲのおかげで守られた。ヒゲを激しく嫌っていたのは祖母だったから、私はその効能を最も話したい人の亡骸の前にメロンを持って血だらけで戻ったのだった。伯父の笑いは咳になり、中からはっきりと言葉が出て来た。

「あの時はもうこのインターもとっくに完成してたでね。あっちの方のジャンクションもさ」

私は見なかったのだろうか。山からの風景が一変してしまった事実を。確かに私はあの一九八九年の夏、自分の顎から血が幾筋も垂れて胸に滴り落ちていること、付近の農家の人たちが腰を伸ばしてそれを見ていることが恥ずかしかった。メロンを血で汚さないように気をつけて抱きかかえながら斜面を下りている私は、開発済みの町の変貌を幻影のように視界に入れたはずだった。けれども覚えなかった。

その十年後の、一九九九年の伯父は振り向きもせずに自分の背後を指さして言った。

「ほんじゃ、Sちゃんはこの山のてっぺんが削られちまって、バイパスになったのも知らねえだけ?」

私は斧で後ろから斬られたように感じた。

バンはバイパスからもインターチェンジからもわずかに遠ざかり、いったん屋敷の前を静かに通り過ぎると、川にいきあたって左へ折れた。私はその道があることを忘れていた。

「あ、W川」

思いがけず懐かしい場所だった。ひと夏に一度は、私たち子供を連れて伯父は川の左側の道を遡った。父も母もいた。アキラもケイちゃんも、下のおばちゃんもその子供リョウちゃんたちも、もちろんヒロコ伯母も。思えば、夏に私たちは山で遊び、川で遊んだ。

高い山脈から下りてくる水は岩の周囲で白くはね、一九九九年のその日もうるさいほどの流れだった。奥へとしばらく行き、短い橋を渡って今度は川に沿って右側の道を走れば、やがて左右に枝が繁り、それでトンネルが出来るくらいの森になっていくのを私は覚えていた。

砂利道に出来た日だまりの中心に、何日か前の雨水が平たく溜まって光る快晴の午後。昆虫が好きだった私にも種類の言えない黒地に緑色の筋が細かく入った蝶がその水を飲むためにひらひらと群れ、か細い足を水面につける様子は、私が子供時代に見た最も美しい場面のひとつだ。群れは毎年私たちの車の前に現れた。私はゲント伯父と共に先頭の車に乗っていて、止めてくれと必ずせがんだ。その上を車が走ることは許されないと思い、後部座席から降りた私とアキラはすたすたと蝶のそばへ行く。あの頃はそれをいちいち写真に撮る者もいなかった。大人や少し年上の従姉たち、そしてケイちゃんは後続の車の中で待っていた。群れの中の一、二羽が、私たちに気づくのかふわりと水から浮き上がり、優雅にまた別の光の上に落ちた。そして、私とアキラは近くの小枝などを折り、苦しい思いで蝶を脅かしてその場を去らせると、伯父たちに通っていいと合図をするのだった。車は点々と散らばる群れが作る透明な網のごときものに包まれて進んだ。

がしかし、蝶がいた区域まで伯父は入っていかなかった。それどころか、遡行し始めてすぐ、バンは左側の細い坂へそれた。あぜの延長のような雑草だらけの道で、車は左右にはねて揺れた。上がりきったところに一本の樫の木が生えていて、その日陰にごく小さな白木の箱――それだけが作り立てで周囲から浮きたって見えた――が、丁寧に積まれた石の上に乗っかっていた。格子に組まれた扉は両側とも開いていて、中に五頭身くらいの仏像が立っていた。頭に金属片で飾りをつけ、上げた左手に蓮らしき花を持ち、半裸の体のあちこちから布を垂らしていた。

「これも覚えてねえら」

伯父は箱の中をのぞいたままで言った。覚えていなかったし、屋敷をめぐる一族が大勢で寄るほどの場所とも思えなかった。私の体は硬直し、呼吸を忘れた。モンキチョウがあわてふためくように地面ぎりぎりを転がっていった。そこに陽光がまぶしく当たっていた。

「聖観音《しょうかんのん》だけんど」

そう言うと、伯父はまた数珠をかけた両手を合わせ、軽く頭を下げた。十字を切るのもおかしいと思い、私も合掌した。沖縄での祈りを思い出したが、今度は来ましたと言うことさえ出来なかった。来るつもりもなかったし、相手がどういう存在かまったく知らなかった。

　ゲント伯父のこともまた、にわかによくわからなくなっていた。伯父は何も言わず、木陰に立ってあちこちを見るともなく見ていた。私の反応を待っているのだとしたら、正解の見当がつかなかった。ヒバリが数羽、ちりちりと空の上の方で鳴いているのに私は耳を傾けていた。これほど細かい声はもはや言葉ではあるまいと思った。

　それから川沿いをしばし源流の方向へ行き、伯父はあたりの歴史を鎌倉時代くらいまで遡ってぽつぽつとしゃべった。どの方向にかつて荘園があり、源頼朝と関係があったかなどが話の中心だったけれど、なんにせよそれらは遠い昔の、しかもずいぶん離れた地域のことで、私たちの屋敷とは無関係だった。伯父は最後にもうひとつ、林の中に隠れている暗く湿った社——またも阿弥陀が中に座っていて、近在に西方浄土への憧れと信仰がかつてあったことを示していたが、同時にそれが急速に忘れ去られていった事実もしみじみよくわかった——へと私を導き、車の頭を雑木の間に突っ込んで方向転換すると、もうどこへも寄らずに家に帰った。

「今日からお盆だでね、Sちゃ」

　途中で伯父はそれだけを言った。

玄関から先に屋敷に入ると台所にヒロコ伯母がいて、Sちゃんが好きだったフルーツ寒天を作ってみたけど食べるかえ、と丸い目の下で照れ笑いをした。そもそも滞在初日に車で買いに行っていたのが薄青い色のついた懐かしい寒天で、伯母はそれを水で煮て溶かし、蜜柑やパインの缶詰めを混ぜ合わせ、銀色のバットで冷やしておいてくれたのだった。かれこれ二十年以上前、確かに私はそのフルーツ寒天を夏の午後の楽しみにした。冷えたものを目の前で切ってもらうのもそこそこに、私とアキラ、あるいはケイちゃんはスプーンで口にかき込んだ。

食べてみて、もっと甘いものだった気がした。だが大人の私に寒天は、お盆の回り灯籠を思い出させ、その前に供えてあった落雁を思わせ、とっくの昔に亡くなった祖母が念仏を唱える後ろ姿を思わせた。そんな時期の昼間、子供は冷えた寒天を与えられていたのだった。二人暮らしでお盆の用意を何もしなくなったのだろう伯母は、そんな形で私との盆を過ごそうとしたのかもしれなかった。

夕方、六時半くらいだったろう。玄関の方でガサガサ音がした。私は居間にいて暮れていく庭を眺めていたが、天井から吊られるように立ち上がり、小走りで応接間を通り抜けると、玄関のガラス戸を開けた。暮れゆく群青色の空気に包まれて細い街道沿いに立っていたゲント伯父は、うつむいていた顔を上げた。

「おう、Sちゃも手伝ってくれや」

伯父は紫色の百円ライターを持っていた。足で位置を変えているのは紐でくくった藁束で、早くも街道の山側に二つほどオレンジ色の光が灯っていた。盆の入りに家の前で火を焚くのが、昔からの習いだった。子供はそこから火をもらって花火をしたものだった。

かつてはマッチを一本使うだけで、伯父は見事に藁に火をつけた。つくと火は凶暴に形を変え、弱い風にも意外なほどそよいで藁を黒ずませ赤くし、パチパチと音を立てて飛び出たり伸び上がったりしたが、やがてひとつの光のまとまりになってゆらめいた。それを伯父も父も私もアキラもケイちゃんも、同じ濃いオレンジ色に体の前面を染めて見下ろした。母や伯母が盆の火の近くに来ていた覚えがないから、何かの禁忌があったのかもしれない。

道の右にも左にも、私が子供の頃は火が点々とつながるように燃えた。しかし、一九九九年には火を扱う家の方が少なかった。伯父もライターからの着火に手間取った。空に星はまだまばらで、天体の遠さがよくわからなかった。夏の闇は刻々と奥行きのない黒さに変貌した。地上で燃え始める小犬ほどの火は余計にちかちかと目立った。

「しかし、迎え火もこれくらいの数になっちまったもんで、ご先祖様は途中で迷子になって帰《けえ》って来れねえら」

と伯父は言った。確かに、どこからか火をつたって霊が来る様子を、子供の私はいつでも考えていた。伯父がそう教えてくれたのかもしれなかった。盛りを過ぎた火から目を離さず、下に疎水が流れている鉄の格子の間へと灰を次々とゴム長靴で蹴落としながら、伯父は続けた。

「おじいちゃんとおばあちゃんは家を忘れねえから大丈夫だけんど。下のおばちゃんのとこのテイジさはとっくにだめずらなあ。もしここへ来れても、下におばちゃんがいねえだもんで。タイゾウさもタエコちゃもホノカもここにゃ帰《けえ》れねえら。朝鮮人のカスケもおじいちゃんに懐いてたが……」

伯父は言葉を呑んだままでいた。最後の方の数人がまるでわからなかった。私が屋敷にあらわれる前の、一族に関係する者の名には違いなかったが、聞いた覚えがなかった。朝鮮半島の人間にまで話は及んでいた。そこへ唐突に私が連なった。伯父は玄関の白い灯《あ》かりを背にして私を見た。

「Sちゃはどうでえ？　死んでっからここへ戻れるけえ？　お父さんもお母さんも来るぞ。

俺もいるさ。駅からの道は目をつぶっててもわかるだに。Sちゃはもう東京の家へ帰《けえ》るしかねえのかい。将来Sちゃに息子でも娘でも出来りゃあ、ここへ帰《けえ》って来てもれえてえだが。おめさんの孫にもひ孫にも、生まれてこねえ子供にだって、帰《けえ》って来てもらいてえと俺は思う」

「生まれてこなくても?」

「そりゃそうせ。血はつながってるだで。伯父さんの焚いた火を見て、うちへもう来てるかもしれねえぞやい。Sちゃのずっとあとのホトケサマが、ぞろぞろと」

伯父はくつくつ笑った。生まれるかどうかさえわからない者がなぜ私の血をひいて死に、すでに霊となってこの屋敷に呼び寄せられているというのか。そこには土地の信仰とは別の、伯父だけが一人たどり着いたのらしい考え方があった。

藁束はとうに燃え尽きていた。黒い灰だけがわずかに残っており、伯父はゴム長靴の底で丁寧に灰を格子からこそげ落とした。目立たなかった白色灯の力がみるみる強くなり、あたりを照らし出すように感じられた。時おり玄関の白い砂利の上にぼんやりと薄い影が動くのは、小さな蛾が数匹、光に集まってきているからだった。

私も黙って灰を疎水の中に落とす作業を手伝った。その疎水に昔、生まれたてのまだ目も開いていない子猫を数頭落として間引いていた祖母の姿を不意に思い出した。

夕飯には山菜やキノコが天ぷらになって大皿で出た。ヒロコ伯母は少しの白米を小さな皿に盛り、ノノサマにあげてくるよう私に言った。祖父母の部屋はがらんとして、ロウソクの火が灯った仏壇だけが生き生きとしていた。割箸を四本ずつ足として刺したキュウリと茄子が、煙を細く螺旋形に放っている線香の横に供えられてあった。私は中央に小皿を置き、一瞬迷ったが十字を切った。

寝る前に伯父から、夕方聞いた知らない人々について説明を受けた。朝鮮人のカスケ以外はやはり血の濃い親族だったが、幼い頃亡くなったり、請われて別の家の子供になったりしていた。誰も私に、というか屋敷の周囲でそれを話そうとしなかったのだとわかった。朝鮮人のカスケは祖父が外地に醤油工場を作った時、書生として屋敷に連れてこられたが、戦争が終わっていつの間にか消息がなくなったのだそうだ。その顛末を伯父は面白おかしく語った。

居間のコタツでともに梅酒を氷で割って呑みながら（伯母は庭に面した廊下を左に行った先の風呂場にいて湯を浴びていた。いくら広くても人の少ない屋敷では、相手がどこで何をしているのかがわかった）、黄色く丸く自分たちを照らす電灯の下にタイゾウさも夕エコちゃも、二歳で行方不明になったままのホノカも、むろん祖父母も姿を変えてそこにいる、いや生きている伯父自身がその一員で、今にも半透明になって消えかかるように感じているのだと思った。

そして翌日、朝ご飯を食べずに寝ていた私は午前十時くらいに起き出して庭に降りると歯を磨いた。屋敷の台所のちょうど外側、庭に面した少し低いところに、へこみの目立つ銀色の素材で大きな四角い手洗い場が作られており（残っている写真で確かめる限り、それは少なくとも私が小学校低学年の頃からあった。元は農作業をしたあとに手足や道具を洗うための場所だったが、夏に屋敷に出入りする者たちはそこに集まって顔を洗ったり、うがいをしたりした）、手前の木の台の上には朝の支度のためにプラスチックのコップや客人用歯ブラシが並べられ、よく乾いたタオルがかかっていた。

私はそれから台所に置いてあったパンをいただき、冷蔵庫の貼り紙にしたがって冷えた牛乳を瓶から飲んだ。ヒロコ伯母は県が終戦記念日――八月十五日。外から見れば敗戦記念日と言われるべきだろうが、まるで自分が戦いを終わらせたように私たち日本人はそう呼び続けている――に行う式典のため、町会の出席者名簿を届けに車で出かけているはずだった。二ヶ月以上前にファックスで提出していたものらしいが、送信時の不備が今になって問題になったのだ、と前日の夜、伯母は腹を立てていた。

作業場から低い音が断続的に鳴っていた。それは考えてみればまだ寝ている時から響いていた。私をそちらに誘っているのだとようやく思った。

伯父の茶色いサンダルをはき、庭に降り直してコンクリで固められた左側の通路をすたすたと歩いた。作業場の扉は上半分が透明なプラスチックで出来ていたので、中に灯かりがついているのは最初から見えていた。灰色の作業服を着た伯父の背中もじきに視界に入った。朝の挨拶と共に私は扉を引いただろう。

作業場の入り口近くに立っていた。借りたパジャマから着替え、Tシャツに短パンという格好だったのではないか。今から十五年前、まだ三十代前半の私、自分では若さのわりに十二分な苦難を経つつあると思っていた私は。

あの時、伯父は何を話しただろう。

Sちゃ、もともとある木の特徴を生かして、これをどうやって削ってやろうかと考えるだよ。一日かかっても浮かばねえことがあるし、持った途端に線も引かずにそこで切断してローラーで磨くこともある。でも、雨が降ったとしてごらん。少しずつ木は変わるでね。アイデアも違ってくるら。傘をさして誰かが戸を開けて訪ねてくれば、これが変わるからまた不思議なもんさ。色々の考えがふわりふわりと浮かんでいて、いかにも自分で決めたようでもその場でなんとなく選んでるだけかもしれねえね。木がこうなりてえなんてこともねえでな。切られたくなかったずら。やつらの思うことはそれだけさ。こうはなりたくなかっただ。

そんな風にゲント伯父は行方の知れない話をえんえんと続けたのではないか。私は何度かうなずき、やがて上方にあるサッシ窓の角に目を向けて、バサバサと音を立てながらはばたく蛾を見た。蛾は私たちが同じ距離を保って動かない様子を見下ろしていた。その曖昧な視界の中で。

あるいは、記憶はこうも言う。

蔵の前に積まれた黒檀、紫檀はケンスケ伯父の中学の同級生で、ゲント伯父にとっても親戚のような付き合いの、小さなプラスチック容器工場をふたつ持っていた社長が韓国から安く大量に輸入したもので、しかし内部の質が悪く市場では二束三文として扱われ、あげく保管分に税金をかけられて本体の経営が逼迫し、二年前に自死した、と私は聞いたのではなかったか。しかも売り手の木材商を紹介してしまったのはゲント伯父で、バイパスが山の上を通るにあたって得た賠償金はほぼすべて、残された子供たちに貸し与えている、と。そしてゲント伯父は使えない木材の端を少しずつ屋敷に移動させ、毎日作業場にこもってそこからペン立てや七味入れや花器や花台を彫り出していた。今では数珠を作っている、とさえ告白したのではなかったか（九年後の二〇〇八年秋、伯父は亡くなった。その葬儀を撮影したビデオの終わり方、遠くからわざわざやって来た位の高い僧侶が近在あちこちの寺に大数珠――堂内にこもった信者たちが経文を唱えながらぐるぐる回し続ける、子供の頭ほどの百八個の木の玉から出来た数珠――を寄進していたことに厚く礼を述べたのだった）。私は蛾に目を奪われたふりをし、その行為によって耳をふさいだ気になっていたのかもしれなかった。

友人の自死は本当の話だった。ただ木材輸入やゲント伯父の関与は、のちに母から送られてきた手紙にあった噂話で、本人には恐くて確かめようがないと筆圧の弱い字で書いてあった。だから、真実を私が実際伯父から打ち明けられたのか、母の話を夢や想像で組立て直したのかが、はっきりしなかった。わかっているのはやはり、私が窓を見上げていたこと、白い蛾がはばたいて私たちの頭上に鱗粉をまきちらしていたこと、それだけなのだ。

こうして、ジュンコ・スタンジェ、君の言った通り私は書いた。強化ガラスに向かって激しくのたうつ真っ白な虫、それを見ている無言の私と何かをしきりに語っていたゲント伯父のことを。すると、過去からこんなにも途切れなく新しく溢れ出てきた断片の数々は一体なんであろうか。空白を取り巻いてやまない、この時間の重なりは。

そう話しかけたいが、道は絶たれている。

犬小屋

グーテンモルゲン！とケンスケ伯父は私に気づくと調子っぱずれの大声で言った。過剰な巻き舌のドイツ語で、おはよう！と。焦げ茶色の厚い板が何枚も縦に並べられたロッジ風の玄関扉の前、二段になった小さなコンクリートの上から子供の私を見下ろして。晴れた日も雨の日も雪の日も（一度はひどい嵐だったように思う。まだ小学校に入ったばかりの私は黄色いカッパを着て、飛んでいきそうな傘につかまり、じっと伯父が出てくるのを待った）。

背の高い伯父は手足と鼻の下が長く、唇の右上には目立つホクロがあり、顔のサイズからしたら不釣り合いなほど大きなレンズの眼鏡をかけていた。ニカッと笑う姿が今でも目に浮かぶ。伯父が笑うとまわりの人間もつられて笑顔になった。瞬間的に警戒を解かせてしまう屈託のなさが、母方の長男であるケンスケ伯父にはあった。

伯父が開いた扉の奥は暗くてよく見えなかった。灯《あ》かりがついていた日の記憶がない。どん突きの大きな姿見はぼんやりとわかった。伯父の背中の影が小さく映る鏡の方から、廊下を磨く洗剤とポマードのような匂いがいつでも混ざって吹いてきて、かろうじて自分の顔だけが白い点のように鏡面に映っているのを見ている私は、自分の家とはまるで違うそこを外国のようだと思ったものだった（ただし最初の数年、私は外国の概念をまだまともには知らず、両親の田舎である信州南部——特に、母方の祖父や祖母、その次男ゲント伯父などが暮らしていた大きな屋敷——へ夏休みごとに訪問する時でさえ、新宿発の緑とオレンジ色に塗られた列車の中で「また外国へ行くの？」と聞いたものだった。その外国とケンスケ伯父の家の異国感は違った。物理的な距離ではない。未知への憧れの遠さが、伯父の家の奥には暗く潜んでいた）。

グーテンタークとかグーテナハトという挨拶を聞いたことがないから、私とケンスケ伯父は朝にしか待ち合わせたことがなかったのだろう。伯父の持っている敷地の庭を占拠するような形で両親が家を建てさせてもらい（一九七〇年、私が三歳になって母の実家から東京へと移ったのはその家が出来たおかげだった）、中学三年生になるまで一家三人でそこに住んでいたにもかかわらず、私には伯父と話す機会が決して多くなかった。

それでも、いやだからこそなのか、私は自分の家の中にいる時（家は初め、一階に食堂と台所と便所、二階にふたつのごく小さな部屋という間取りだった）、壁の向こうから響く伯父の足音に耳をすませた。例えば、二度折れ曲がって上階へ行く狭い階段の途中で、夕暮れに一人遊びで入った二階の押し入れの上段で、あるいは父母と夕食をとっている椅子の上、土曜の昼過ぎに寄席《よせ》からの生放送を見ている白黒テレビの前、二階で今夜こそおねしょをすまいと歯をくいしばっている固い布団の中で。

私は小学校高学年になってもまだ敷布団を濡らすことがある子供だった。自分に嫌気がさした私は忘れもしない小学四年生の春のある夜（なぜ覚えているかといえば、その年度から担任になったタケノという若い男の先生が、授業初日のホームルームで「逆転の発想」という言葉を平仮名混じりで黒板に大書し、これが私たちのクラスの一年間の課題だと言ったからだ）、一計を案じた。

私は奥の部屋で横になっている両親に向かって「今夜、ぼくはおねしょで歴史に残る。お父さんもお母さんも下の階に流れ落ちるから、大事な荷物があるならまとめておいてほしい」と声を高めたのだった。おねしょをしてはいけないと思うから緊張してうまく眠れないし、おかげで朝方の尿意に気づかず漏らしてしまう。だからむしろ放尿宣言を発し、気を楽にして朝を迎えようとしたのである。それこそが新学期初日に早くも実行に移された、私の「逆転の発想」だった。

翌朝、私は乾いた布団の上で起きた。自分にかけたまじないがうまくいったのに気をよくして、次の夜も大口を叩いた。朝起きると、またも布団は乾いたままだった。日に日に私の予言は大げさになった。同じような内容ではまじないが解けるような不安があった。いわく、おねしょでこの家が流されて住所が変わるから覚悟をしておけ。いわく、僕のおねしょは町にあふれて伯父《おい》ちゃんの家も隣の安藤さんの家も車も小学校もお墓も流されるし溺れて沈む人がたくさん出るから今のうちに警察に言っておいて欲しい。私の夜の言葉がとうとう東京全域に深刻な危害を与えるほどになった頃、私の布団にも二十三区の地図めいた黄色い水が匂いをたててしみていた。

その時分、我が家はまだ一階部分にひと部屋建て増しをする前で、小さな庭に母は物干し台を置いていた。したがって私がシミをつけた布団はそこに干され、隣の安藤さんの家（流されるどころか、小豆色の四角い板を重ねて作られた壁は湿ってさえいなかった）、あるいは伯父たちの鼻へと小便が乾いていく時の強い匂いをふりまいた。

私たち一家に最終的に庭のすべてを与えた伯父は、ミエ伯母さん、私より五つ年上の長男タイチちゃん、三つ上の長女ヒナコちゃんと四人で別荘風の二階家に暮らしていた。私が気にするのはいつも伯父のたてる音だけだった。恐ろしいというのとも好ましいというのとも違う。私は伯父の邪魔になりたくなかったのだと思う。だからケンスケ伯父の気配がすると、私は自分の動きを止めた。言葉をのむか、音を下げた。両親には絶対気づかれないように（だから私は考えるふりが上手になったし、物事をあたかも意味深長に語ってみせるのが得意になった。それらはすべて、唐突に行動をやめてみせるのをごまかすために、子供の自分が編み出した方法だった）。

けれど**グーテンモルゲン！**とドイツ語で話しかけられる時は別だった。伯父は幼い私にこそ返事を求めているのであったから。私は母の話によれば幼稚園の年長組に入る頃にはもう、伯父に向かって同じように大きな声で**グーテンモルゲン！**と言い返していたそうだ。頭をなでてもらいたかったのか、笑ってもらいたくてか。少なくとも母が奥の家の中で笑うのは聞こえていた。母は誇らしげに私の声に反応し、伯父の家の玄関に立つ私の小さな耳に笑いを届かせたのだった。

私はその町に住んでいる間、聴覚が鋭すぎると複数の担任教師に指摘された。それは授業参観のあとなどに母へ直接伝えられたことだが、決して注意というわけでもなく、どちらかというと感嘆に近いものであったらしい。確かに私は小学校の教室の後ろ隅で学級図書の下にはさまれているショウリョウバッタの足の音に気づいたと言い張ったし、校門の横にある金網小屋の中に二匹の野犬が入り込んでウサギが藁《わら》にもぐって脅えていることを見てもいないのに授業中に言い当てたりした（七十年代の東京下町には飼い主のいない犬がまだうろついていた。私たちが暮らしていた葛飾区K町の場合、彼らはたいてい町の東を流れる江戸川の河川敷の方から来た。犬たちはよく道路の真ん中に群れ、一定の距離から人間の様子をうかがった。「早く保健所がくればいいんだけど」という言葉を母からも、友人の家族からも頻繁に聞いた。そうした野犬がほとんどすっかり列島から姿を消したと思っていた二〇一一年、それは福島に現れた。まずは移動させられなかった元飼い犬として。次にその子供たちとして）。

近所の人たちは伯父と私の挨拶をどう思っていただろう。当時も今も、町で巻き舌のドイツ語を言い交わす大人と小さな子供の二人組などに出くわすことなどあり得ず、それどころか大人の方はレンズの眼鏡が鼻先へずれてくるのもかまわずに子供のつむじへと覆いかぶさって歩き出し、変わらぬ声量で自分たちだけの符牒で出来上がったような話を始めるのだ。

いいかい、Ｓちゃん。今日はグリ神父様の説教で聖パウロの大事な話が出るはずだでな。よくよく聞いてなきゃいかんぜ。

　夏は半袖か長袖のポロシャツにスラックス、冬はスーツの上下にループタイをし、厚手のセーターとキャラメル色のコートを着た伯父の言葉にはそうやって信州弁と東京弁みたいなものが混ざった。伯父はほぼ二ヶ月に一度（多い時は月ごとだった）、ある日曜日の午前七時半ぴったりに家の前で私――真冬でも半ズボンをはく習慣はずいぶん家計を助けていただろうと思う――と待ち合わせ、せっかちな足取りで柴又街道の信号を渡ると、下町の狭い道を左右に抜け、嗄《か》れることのない大声でしゃべり続けながらカトリックの教会へ向かったのだった（ちなみに、柴又街道は家のごく近くを南北に突っ切っていたが、私は他の用事でそこを越えた記憶がない。唯一、町のセレモニーホールで行われたケンスケ伯父の葬儀の日を除いては）。

　教会にはグリ神父がいた。裾の擦りきれた黒い長衣に十字架を下げて。本名を確かタマグリヨシオといったが、信者たちの中には親しみをこめてグリ様と呼ぶ者がいた（のちに大衆演劇などのスターが「何々様」と慕われるのを知った時、私の脳裏にはグリ神父の姿が混じって浮かんだ。聖書を片手に持って人を斬る厚化粧の男が）。恰幅《かっぷく》のいい白髪頭の壮年らしく思われたが、当時の私は大人の年齢がよくわかっていなかったから、実際はたいした年ではなかったのかもしれない。考えてみれば当時、ケンスケ伯父は四十代から五十代前半であり、グリ神父の方がずっと年下だった可能性もある。

　私の両親に信仰はなかった。父はごくたまに俺は浄土真宗だと言い出すことがあったが、だからといって経をよんだり法要をした試しはなく、母からは宗教の話自体聞いたことがない。一方、ケンスケ伯父一家は皆クリスチャンだった。タイチちゃんもヒナコちゃんも私が小学一年生になるまでは、伯父と一緒に教会へ通っていた（時にはミエ伯母もいた）。けれど、ある初冬の朝、ミサが終わって伯父がグリ神父様と何か低い声――伯父は聴こえる方の右耳を神父の方へ向けて教会の長椅子の上で背を丸めた。伯父の反対側の耳は旧制中学時代、憲兵に殴られて以来聴こえないのだと言っていた。校庭での訓示内容があまりに馬鹿げていると思い、ケンスケ伯父はホクロのある方の唇の端を上げて笑ったのだと何度か私たち親戚の前で語った――で話を始めたので子供三人は教会の裏手の路地に行き、最も年下の私がその日に思いついた勝手なルールで石蹴りをして遊んでいると（誰かの足に石が当たったらその人が点をもらえるというもので、蹴った者以外は当たろうとして素早く動いた。私は二十年ほどのちの冬の夕暮れ、留学したドイツ西部の裏町でまったく同じ遊びをしている子供たちに出会い、年月も海も超えて私のルールが子供世界に伝承されているような気がしたものだ）、やがて伯父が白い扉を開け、こわばった顔で近づいてきて私たち全員にひとつの問いをしかけた。

今日グリ神父様がお話しになったことは、本当に正しいのかどうか。君たちはどう思う？

伯父はタイチちゃんにもヒナコちゃんにも「お前」と言ったことがなかった。もちろん私にも。唯一、伯父がお前と呼ぶのは弟であるゲント伯父と、末の妹である私の母だけだった。しかしそういう真面目な質問をする時、ケンスケ伯父はゲント伯父にも母にも、おそらく誰に対しても「君」と呼びかけた。戦後数年、他県で高校教師を務めた折の習慣だったのではないか。

伯父はまず最も年かさのタイチちゃんに顔を向けた。タイチちゃんは翌年には医学系の大学付属中学に入る年齢だったし、成績も抜群によかったから、その日のグリ神父の説教を、引用されたすべての節の数字まで思い出して話したのだったと記憶する。すらすらとタイチちゃんは、しかし少し不服そうな声音でしゃべった。最後はマタイ伝からユダが裏切る瞬間のこと、続いて剣を取る者はみな剣で滅びるというイエスの言葉を引き、無抵抗であることの大きな意義を強調した（ただし、これらタイチちゃんの要約を理解したのは長い年月のあと、私が大学院を出てから海外を転々と移動している間のことで、それはあたかも前世の思い出をしゃべる幼児のように、ある午後突然に私の中に言葉として来たのだった。そう、ジュンコ・スタンジェ――それは私と結婚する前の、オランダと日本の血の混在を示す名前だけれど、私は習慣通りここでも君をそう呼ぶ――、すでに君のいないあの午後だ。それまで私はずっと、夢で泳ぐぬるい水のプールのきわでさざ波がたつような音の塊としてしか、タイチちゃんの息もつかせぬほどの返答を覚えていなかったのである）。

伯父は何も言わず、続いてヒナコちゃんを見た。小学四年生のヒナコちゃんはまっすぐ伸びた黒髪のかげで、早くも目をうるませていた。自分の父が要求しているのは、グリ神父が何を言ったかのまとめではないのを知っていたのだと思う。それはタイチちゃんにしても同じだったに決まっている。けれど、どうせ何を言ってもはねつけられるだけだとわかっていたからこそ、タイチちゃんは顎をあげてよどみなく話をしたのだ。甥の私でさえ、伯父が何か大きく硬い何かを胸に抱えて教会から出てきたことに気づいていたのだから。結局、ヒナコちゃんは何も言わなかった。下も向かず、高い鼻筋の脇を通って垂れてゆく涙もふかなかった。

そして私の番が来た。七歳の私の番が。

下町の曇り空の上を一羽のカラスが横切ったのを妙にはっきりと覚えている。鳴き声が自分を呼んだように感じたのかもしれない。私は一度、そちらを見た。まだ町中に電線が張り巡らされており、そこに雀やカラス、モズやシジュウカラがとまっていた時代だ。

私にはグリ神父の言っていたことなどどうでもいいと思った。なぜなら難しくてわからなかったから。それより、タイチちゃんとヒナコちゃんに厳しくする伯父が憎いと思った。初めての感情を自分はいぶかしむ暇もなかった。伯父の期待に応じたいとも、私は願っていたから。口から出て来たのは思ってもみない言葉であった。

伯父《おい》ちゃんはずるい。

その瞬間、ケンスケ伯父は眼鏡の奥の目を見開いた。瞳の奥までからっぽになったように思えた。悲しい気持ちが胸からわくと同時に、嫌われてしまうという恐れが先回りしていじけた気持ちを呼び、渋い柿を食べた時みたいに体の内側が痺れてくるのがわかった。

私の唇は、喉は、両手は勝手に動いて止まらなかった。

自分がどう思うか言わないのに、子供に聞くのはずるい。子供はみんなわからないまんまで神父様の話を聞いてるんだよ。それがどんなお話かを教えるのは伯父《おい》ちゃんなのに。人を試して正しいか聞くのはずるい。

全部言いきれたかどうかわからない。途中から声は震えていて、息をたくさん吸わなければ苦しかったたし、しゃっくりのようなものがしきりに出た。そもそも見上げていたはずの伯父の顔がうるんで溶けて正体を失っていた。

水の底からこんなことを言う声がした。

タイチもヒナコも、これからは日曜のミサには自分で通え。Sちゃん、君は俺と一緒に来い。

その日の記憶はそこまでだ。

翌朝早く、母が玄関の方から伯父の家に謝りに行ったのは覚えている。私から要領を得ない話を聞いた母は、それでも私が伯父に重大な口答えをしたと考えたらしかった。なんにせよタイチちゃんもヒナコちゃんもパパと教会に行けなくなったと泣き続け、声は私の家にまでよく響いた。私のせいでそうなった、と母は推測した。

ところがミエ伯母はかえって申し訳なかったと、母に頭を下げたのだそうだ。そして今も私の心に残り続ける言葉を伝えた。

あの人は本当のクリスチャンじゃないから。

ミエさは私にそう言っただえ、と朝食を作るためエプロン姿に戻った母は信州弁で少し吹き出した。そして、母によればミエ伯母もまた吹き出しながらこう続けたのだった。

ケンスケさんは自分だけの問題を考えるために聖書を読んだり教会に通ったりしてるでしょ。タイチやヒナやあたしもそれに付き合わされているだけよ。ミトさん、それは妹さんだからわかるでしょ？　ちょうどタイチも受験で忙しくなるし、ヒナもすぐそうなるから自由に教会に行かせたかったところなの。

母はミエ伯母の口調にかすかに残る山形訛りまで含めた再現を終え、謝りに出かけた時の顔面蒼白とは打ってかわったケロッとした表情で私に言った。

「それでね、Sちゃん。ミエさがごめんねって言って下さいって。だって伯父《おい》ちゃん、勝手にSちゃんにだけ洗礼を受けさせちゃったでしょ。あんなこと、親に相談せずにすることじゃないって」

私はあっけにとられた。自分は幼稚園の頃から教会でもうひとつの名前を持っていた。だがそれは伯父の独断によるもので、両親はあとから知ったというのだった。デタラメといえばデタラメな話だったが、特に私の親がそれを問題視している様子はなかった。ただ私はその事実を聞いて（今から正確な言葉にすればだが）、自分が正統な信者ではないという気がした。

同時に、ケンスケ伯父が本当のクリスチャンじゃないという伯母のひとことが私を惑わせた。妹ならそれがわかるでしょと言われた母がおそらくうなずいただろうことも、私には不思議でならなかった。伯父にどんな秘密が隠されているというのだろう。そして、伯父もまた正統な神のしもべではないのかもしれないという考えが、私の心を伯父に深くつないだ。

以降、実際にケンスケ伯父は私だけを日曜のミサに連れていくようになった。タイチちゃんとヒナコちゃんは、伯母を含めクリスマスと正月に正装でミサに参加するのみだった。逆に私はその日、両親と自宅で過ごし、江戸川沿いを歩いて帝釈天までおまいりに行ったから、なんにせよ厳格なクリスチャンにとって、ケンスケ伯父をのぞくふたつの家族はまことに生ぬるい信仰者であった（冬、ことに三が日の土手は清々しい空気に満ちていた。空は青く雲は薄かった。そこに父と凧を高く揚げたものだ。春の土手ではヨモギを摘んだ。まるで『男はつらいよ』――日本の戦後のモラルを示す人気映画シリーズだ――に出てくる家族のように。私たち一家はツクシもセリも摘んで食べた。今はもう無理だろう。放射能は私たちの懐かしい場所に特別濃く降ったと聞くから）。

　東京の東端、葛飾区K町の入り組んだ路地の中に、もともと伯父が住んでいた。長男タイチちゃんはその家しか知らないと言っていたから、少なくともタイチちゃんが生まれた一九六二年には家は出来ていたはずだ。伯父の生まれ年から計算すると三十代前半で土地付きの家を買ったことになる。東京の大学を出て地方の高校教師となり、数年で辞めて地方新聞の記者になったのち労働運動に身を投じてある政党の下部青年組織に所属し、再び上京したケンスケ伯父が、自分一人で金を工面出来たはずもない。故郷信州の町で郵便局長を務めていた祖父――三十代前半で一度目の離婚をしたあとの私が、帰国時に母方の次男ゲント伯父や母から聞いた限りでは、近在の生糸工場や酒造会社、満州事変以降は朝鮮半島に作られた醤油工場などの株を操作することによって大きな財を築いた人――がそのほとんどを出したのではないか。

　その伯父が気に入って自分の妹と結婚させた父を、さらに伯父は東京へ呼び寄せた。俺の庭を使って家を建てればいい、と言って。それが私の三歳の年、つまり一九七〇年、昭和四十五年である。もう伯父の家には長女ヒナコちゃんも生まれていた。育ち盛りの子供たちに西南向きの庭は何よりの遊び場だったろう。

しかしケンスケ伯父はそこを私たちに与えた。ほとんど土地代は取らなかったのではないか。ただ、K町から別の町へ引っ越す中学三年までの十数年、いやそのあとでさえ何度か両親が声をひそめて借金の話をするのを私は聞いた。私たちは他にも借りているものが多々あったらしい。

ケンスケ伯父《おい》ちゃん、ゲント伯父《おい》ちゃんが待ってくれるそうだから、と母は言った（母は彼らを兄《にい》ちゃとは呼ばなかった。私に聞こえないことが前提の会話の中でも、私からの立場で母は呼称を選んだ。母が二人を兄《にい》ちゃと言うのは、祖母と姉と本人の前でだけだった）。父はそういうわけにはいかねえとささやいた。そんなこと言っても返すあてがないじゃあと母は信州弁で申し訳なさそうに付け加え、父——その頃には最大野党から分裂した小さな党の職員になっていた——は黙りこむ。何年たっても同じような内容が繰り返された。なぜか、私がぎりぎり聞き得る場所で（のちのち大人になった私が彼らの肩代わりをするように、と両親は借金情報を遠回しに刷り込んだのだろうか。いや、まさか。最初に聞いた会話は小学校に入りたての頃に台所の隅で行われていたのだ。とすれば、ずいぶん早くから彼らは自分たちによる返済をあきらめ、年端もいかない子供にあとを託していたことになる。もし万が一そうだったとしたら、私が一銭も返さないうちに伯父たちは二人とも亡くなってしまった！）。

とにもかくにも、私たち一家の生活が、二人の母方の伯父に支えられていたことは確かであった。そのうちの一人、ケンスケ伯父が私たちを住まわせたのは（おそらく金銭面でいえば、ゲント伯父の助けもあって）、先ほども書いた葛飾区のK町、小学校の南に位置する、六世帯が狭い道に区切られて四角く固まった区画の中だった。今でも地図を見るとそこだけが浮島のように、私の目に映る。

町全体は基本的に東西と南北の道で整理されているのだが（それは戦後まで広い田畑や野原であったことを示している）、私の暮らした小さな正方形の周囲だけは斜めの道、短くゆるい坂、幅の異なる道が集中していて、どうやら古い屋敷か社か定規通りには開発しにくいものがあったことを示している。といって、霊験あらたかな逸話とか怪異譚など聞いたことはない。狐の巣穴くらいのものだったのだろうか。なんにせよ、東京のほとんどはそんな記憶を残す暇もなくマス目状に切り開かれた。そして私が今書いているようなこともつながらない、あるいは別の遠い地方へとかすかに結ばれた小さな話が乗っかって転がっているだけだ（ああ、これはなんと凡庸な詠嘆だろうか。しかし私は君にこの、ある時期までに東京で生まれ暮らした人間の、うすら笑いしか出ないような足元のおぼつかなさを理解して欲しいのだ、ジュンコ・スタンジェ)。

東京は巨大な地震や空襲——油脂焼夷弾、黄燐《おうりん》焼夷弾、エレクトロン焼夷弾、ナパーム弾——で広範囲に破壊された場所。それでもなんとか残った地域も黒焦げになった区画も共にほぼすべて急き立てられるように、いや自分で自分を急き立てて土地を平らにし、上に建物をびっしり造った空間だ。だから過去からすっかり切り離されていて、例えば京都とはまるで違う。過去の記憶はもちろん街のあちらこちらにあるけれど、それはもう目には見えない。倒れ、焼け、潰れてブルドーザーに乗せられ、どこかへ運ばれて処理されてしまった。その上に私のような、両親とともに東京出身ではない者の子供が育った(まるで君がこれから育てるかもしれない子供のように。それでも何かはつながり続けると君の子供は強く信じるだろう。東京の、なにもかも忘れてしまった子供——私も含めて——とは違って。いや、これはまたあとで話そう。ないしは二度と話すまい)。

正方形をほぼ均等に六分割した右の三区画の真ん中にあたるのが、伯父の所有した土地だった。東側に路地が通り、冒頭に書いたロッジ風の玄関がそちらを向いていた。向かいは二階建てアパートで、同じ大きさの窓が八つ並んでいた。

私の家はもともと伯父の家の西側にあった庭を占有するかたちで建てられた。六世帯の中心、まるで隠されているかのような場所で、最初は南側に少し余裕を持っていた。曲りなりにも共有の庭という体裁だったのだろう。

　私が小学校低学年のうちは（つまり建て増しさせてもらうまでは）、伯父の家の北にある別な家——つまり正方形の右上にあたる場所で旧家めいた家屋になっていたが、北と東の路地沿いに高い生け垣が植えてあって中はよく見えなかった——との間、灰色の細かい波形をしたプラスチック塀の脇をすり抜けて、私は薄い合板で出来た自分の家の玄関にたどり着いた。通路とも言えないその細い隙間は大人一人が通るのもやっかいなほどの狭い幅でいつでも湿り気があり、片方にある伯父の家のざらざらしたベージュ色の塗り壁の下部にも、もう一方を塞ぐプラスチック塀の足元にもびっしりと濃い緑のユキノシタが生えていたのを覚えている。そして、母が度々「ユキノシタは薬になるんだからね、Sちゃん」と言っていたことを（私がその植物を陰気くさく感じて嫌っていることが、母には伝わっていたのだろう。おかげで私が生まれて初めて覚えた植物の名前がユキノシタになった）。

　隙間から東側の路地に出る境には明らかに父の手作りの、ペンキを塗った板数枚に横木を添えて釘で留めただけの外玄関があり、土に打ち込んだ二本の柱の一方に取り付けられたそれがふらふら風で動いていると、テレビで観た西部劇に出てくる酒場のドアのようで私は好きだった。その外玄関の内側にコンクリートで出来た小型洗濯機ほどの容器めいた物体があり、濃い赤色をしたトタン板でフタがしてあった。ミエ伯母が収集日まで生ゴミを捨てて置いておくものだったのではないか。コンクリートの表面にはところどころコケやカビが生えていた。私は幼い頃、何度かその物体のことを思い出し（毎日、そこで横を向いてカニのように歩かないと肘や半ズボンから出た腿を擦ってしまうにもかかわらず、私はたいてい存在を忘れた）、おそるおそるトタン板を持ち上げて中をのぞいた。一度だけ灰色のイモリが板の裏側にくっついていて私は狂喜したが、すっと手を伸ばすと見事に逃げてしまった。その優美で小さな両生類が頭を向けていた先に、まだら模様の蛾がとまっていた。それを食べようと近づいていたに違いなかった。以後私はイモリを見つけたくなる時にだけ、コンクリートの箱の存在を思い出した。

　隙間の映像を頭に浮かべると、小学校三年生になった年の秋、初めての家庭訪問があったことがフラッシュバックのようにちらつく。決められた時間が来ても担任のカクタニ先生――両親よりも祖父母に近いような年齢の女性で、入学以来三年間の担任の間ずっと、私が好きな時に書いて提出した作文を教室の壁に貼り出してくれた。あの人があの時に誉め続けてくれなかったら、私は翻訳家になどなっていなかっただろう――が来なかった。母と二人でじっと蛍光灯の灯かりの下で待っていると、少し前から伯父の家のチャイムが度々鳴らされているのに気づいた。私は笑いながら立ち上がり、「先生がケンスケ伯父《おい》ちゃんちに来てる」と言った。母は血相を変えて家を飛び出した。

先生が頭を下げながら、しかし少し驚いたような顔で体を斜めにして、私が待つ内玄関へと近づいてくる様子がいまだに脳裏にある。その後ろに母がいて、今度は顔を赤くしてうつむいていた。先生はまさか手作りの板で出来た入り口の奥、どう見ても伯父の家の裏口のようなところにもうひとつ玄関があるとは思いもしなかったのである。

担任が帰ってから、母は「おととい学校に行ってあんなに説明しておいただけど」としつこいくらい私に言った。テーブルの角を挟んでふたつの椅子に座り、向かい合った私たちは母の膝の上で両手をつなぎあっていた。まるで恐ろしい体験のあとの子供から心的外傷を取り去ろうとするボランティアみたいな優しさで母は私に謝った。私には長い間、その行動の意味がよくわからなかった。貧しさを恥じていたのだと理解したのは、日本を離れてからのことだ。

こう書いてみてようやく、そのまさに翌年に私たちの家が伯父の庭の残りを潰す形で建て増しされ、外玄関も内玄関も伯父の家の南側、例の正方形で言えば区画の下に移されたのが偶然ではないと思えてくる。母は伯父に、つまり自分の兄に陳情したのではないか。ミエ伯母たちには申し訳ないと思いながら、しかし母は私にあの日のような思いをさせたくないとなりふりかまわなかった（当の私はなんの思いもしていなかったのだけれど）。

せめて家の反対側に玄関を作らせてもらえないか、と頼み込む母の姿が想像の中に浮かび上がってくるが、私はいたたまれなくて意識の焦点を合わせることが出来ない。その時、いや今でさえいたたまれないのは母であり、黙っている他なかった父であり、またも土地を侵食されてしまう伯父の家族である。そしてノンキでいたのは私とケンスケ伯父、たった二人だけだ（もちろんこれは推測に過ぎない。伯父がとっくに亡くなっている今、一人残ったノンキ者の可能性がある私はようやく、他の人々が味わっていたかもしれない複雑な感情をこうして呼び出してみているのだ。実に自分勝手に）。

新しい外玄関には銀色のノブが付いていたし、もう手作りではなかった。開けると以前より少し幅の広い隙間の真ん中に、コンクリートを固めて通路がしつらえられていた。通路の左右にはユキノシタでなく、輸入物らしき丈の短い観葉植物と草花が点々とあった。途中に伯父の家の曇りガラスで出来た大きなサッシ窓があり、たたきがあり、私たち一家が現れるまではそこから庭へ降りたのだとわかった。サッシ窓の前から数歩の間だけ、土地が若干広くなっていて、その奥に建て増しされた部屋があり、新しい内玄関があった。とはいえ急造だからなのか、家の角だけが青いトタンで覆われていたのを思い出す（ただし、私は自分の部屋が持ててうれしく、不足などあろうはずもなかった）。

伯父の家のサッシ窓が開くことは滅多になかった。真夏ならば半分ほど開くは開くけれど、網戸とレースカーテンがあって中は見えなかった。唯一そこが開放されるのは伯父が現れる時のみで、大体は私と共に教会から帰った日の午後だったと思う。相変わらず部屋の奥は暗かったが、それは思えば私たち一家が西からの日当たりをすっかり封じてしまったせいでもあった。

記憶の中の、家でのケンスケ伯父は必ず白いコーヒーカップを持って、窓のレールの上に置いた座布団を半分外に飛び出させて腰をかけている。カップは母が伯父に乞われて小さな木の食器棚——私が幼い頃から同じ位置にあって角という角が丸みを帯びており、その場に生えていた樹木が削り出されて出来たような印象を放っていた——の一番上から出し、伯父がかねがね言う通りに厳密な量のインスタントコーヒーの粉を入れて少々の熱湯をかけ、銀色のスプーンで百回以上こねてからようやく湯を沸かし直して通常量を注いだものだった（今も母はそのまったく汚れのない白い陶磁のカップの二セットを、自分の家の食器棚のやはり一番上に置いている。底がふくらんだ形で、飲み口にぐるりと金色の箔が幾何学模様になって打ち込まれた、肌のきわめて薄い陶磁のカップ。同じく白く薄いソーサーがセットになっていて、その円周にも同じ金の模様が輝いている。もし母が亡くなっても、そのあとセットを引き継いだ私が死んでも、あの二組のソーサーとカップだけはどこも欠けることなくこの世のどこかに残り続けるのではないか。不滅の食器……）。

私の家にはコーヒーを飲む者がいなかったから、食器棚の下の段に入ったインスタントコーヒーの瓶自体がケンスケ伯父のものだった。母は時おり紅茶を楽しんだがその折には別の普段使いのカップで飲み、私にもそうさせた。伯父はサッシ窓のところで自分だけのコーヒーをゆっくり味わい、ミトちゃが淹れるとうめえわいとほぼ必ず変わらぬ感想を言った。言われた母はうれしそうにし、やはり変わらぬ答えを返したものだ。

あたしは飲まないもんで、味がいいだか悪いだか。

それから兄妹はあたりさわりのない世間話をした。私はたいてい、その母の斜め後ろに立つか、真ん前で母に背中をもたせかけていた。さらに後ろ、ほとんど内玄関ぎりぎりに父が出てくることもあった。ケンスケ伯父は母を笑わせ、父を笑わせた。私は大人の言葉にしきりと耳を澄ませ、特に伯父のそれに別の深い意味がないかを探るのが常だったし、いわんやタイチちゃんたちを教会に連れて行かなくなってからのケンスケ伯父が何を自分の親に言うか、注意深く聞いた。天気のいい日にしか伯父は出てこなかったから（こう書くとまるで伯父は野生動物のようだ）、基本的にのんびりした雰囲気ばかりが印象にある。だが、その奥にもうひとつの、伯父の秘密があるのではないかと私は思っていた。そうであって欲しかった。

あれは私が小学五年生になる年だから家を建て増しさせてもらった一年後のことだった。伯父が犬を飼うと言い出した。というか、タイチもヒナコも大賛成だがSちゃんはどうかとミエ伯母から母に打診があったそうなのだった。私に異論はなかった。犬小屋を建てるとしたら南側の通路しかなかったから、それから毎日自分は犬を見て暮らせるのだと思って生活の新しさに私は胸を躍らせた。

ただ、今考えればミエ伯母から打診が来た翌朝には、もう伯父の家のサッシ窓の前にキャラメル色をしたオスの子犬がいて、コンクリートの脇の土に打ち込まれた板に紐でつながれたまま赤い舌を出していた。つまり、私の答えを待てるような伯父ではなかったのだった（それは私の母が、伯父の勧めた見合いのあと、父との結婚を断ったにもかかわらず話が進んでいたのとまことによく似ている。わがままな伯父の稚気はいつまでたっても変わらなかったのか。あるいは伯父は、自分の子供たちから庭を完全に奪ってしまったことへの贖罪として犬を約束したのだろうか）。

現れた犬はコッカースパニエルで当時としては珍しかった。いかにも伯父の好みそうな洒落た犬種で、目も耳も垂れて大きく、みるみる巻き毛が伸びた。ロビンとみんなが呼んだし、それから忘れられない形で亡くなるまでの四年間ずっとロビンだった。だが、こうやって記憶をたぐり寄せながら母語でない言葉を書き連ね、それをあらためて母語に翻訳することで過去への引っかかりをひとつずつ確かめていく私は、それが本当はロ、ー、ギ、ン、だったことを突然思い出すのだ。ケンスケ伯父はその四文字を半紙に筆で肉厚に書き、サッシ窓の外にしばらく貼り出していたのを私は覚えているし（それどころか、伯父とその半紙を同じ一枚の中に写した白黒のスナップ写真が家族のアルバムに貼ってあった）、伯父は実際いつもの大声でローギン、ローギンと呼んで足元で遊ばせていた。だが、それを私たちが聞き違え、ロビンと自分たちにわかりやすく呼び替えてしまったのは当然だろう。子犬にはロビンという名がふさわしい（まさか今の私のように、ローギンが『悪霊』のスタヴローギンから来ていると考える者がいたはずもない。あの小説の中で徹底的に冷たい無神論と、自国にこそ神が現れるという熱狂の両極へ人を動かしたニヒリストが、よろよろ歩く愛らしい子犬の名前になるなどと、ケンスケ伯父の他に一体誰が思いつくだろうか)。

ロビンが来て数日以内——まだ私たちも、それがローギンなのかロビンなのか確かめかねている短い間——に、私たち一家の内玄関の斜め前、伯父の家のサッシ窓の正面に、赤い屋根の犬小屋が出来た。それは父がまさに日曜大工で朝早くから急きょ作ったものだった。板は家を建て増した時に残って西隣の家との間に置いてあったものを使った。屋根を塗るのに子供たちが駆り出されたと思う。ロビンはその間、外玄関につながれてこちらを見たり、コンクリートの上を歩く虫の背中を嗅いだり、外を行く人の足に吠えたりしていた。あらかた作業が終わると、父はペンキが乾くまでと言って、高校一年生のタイチちゃんを残して子供二人と子犬を連れて散歩に出かけた。秋晴れの日だった。

コースは父が毎朝自分でする散歩の、長短二つのパターンがあるうちの短い方だった。私は伯父が教会に行かないと連絡があった日曜日、父についていくことがあったから知っていた。私たちの正方形を南に抜けて路地を渡ると、東西を流れる幅の狭いドブ川になる(水位の低い川の底には黒い泥が溜まっていて、その上に洗剤の白い泡がひっかかり、光線の加減で虹色に光っていたりしたが、横をフナらしき魚が元気に泳いでいることもあったし、亀がコンクリートの壁を登ろうとむなしく爪をかいていることもあった）。そこを左に折れて川沿いに少し行けば雑木林に行き当たり、ドブ川には水色の小さな鉄橋が渡してあった。腰を低くして橋に脅えるロビンの首紐を、中学二年生のヒナコちゃんが細い体で無理やり引っ張ったのを私は父と笑って見た。ヒナコちゃんは黒と赤のチェックのワンピースの上に丈の長いベージュ色のカーディガンをはおっていた。日焼けした足がすらりと伸びているのを私はまぶしく感じた。

渡った先は広い空き地で、黄色に変わり始めた草がびっしりと生えて風に揺れていた。その中央あたりに人が踏んで作った道があったから、私たちはロビンを何度も呼び、交代で紐をつかんで草の中に入っていかないようにした。ひっつき虫の季節で、自分たちの服にもロビンの毛にも植物の小さな穂がポツポツとついた。父が道の途中でたまたま近所の知り合いに会って挨拶し、犬を飼うことになりましてねと言ったのを忘れることが出来ない。まるで自分が買ってきたかのような口ぶりだったから。

空き地を抜ければ住宅街で、私たちはバラを一年中育てている角の家の前でロビンが糞《ふん》をする態勢になったのを知った。ヒナコちゃんが顔を赤くして紐を引いたが子犬は爪をアスファルトにがっしりと立て、譲る気がまるでないことを示した。父はヒナコちゃんをやんわり制し、ジャンパーのポケットからビニール袋とちり紙を出して、子犬の好きにさせた。しゃがみこんで糞の始末をする父の手元にロビンはじゃれ、膝に前脚を乗せたりしたが、父がダメとひとこと言うとそのままの姿勢でぴたりと止まった。ヒナコちゃんと私がことさら笑ったのは、父がうらやましかったからだ。

私たちは銭湯——私たち一家三人はそこに通っていた——の横を通り、犬に声をかけてくる人々をしり目にK町商店街を横切り、遠くに江戸川の土手が見える広い一本道を少し行って公立高校の先を左に折れ、信号のある道路脇の幾つかの畑の前を行き過ぎて、以後ロビンが必ず小便をかけた郵便ポストをさらに左折し、フタをされたばかりのドブ川——私たちの家に近い場所にはその整備が及んでいなかったわけだ——の横を歩いて元の野原を雑木林越しに左に見る道に戻ってきた。

その日以来、ロビンの散歩を父がすることになった。ケンスケ伯父は全国の労働運動——特に青年組合員の育成が伯父の主だった仕事になってきていた。教師としての経験、資格、適性が認められた形だった——を指導しに行くので忙しく、子供たちだけでの世話にも限界があった。

生き物が好きな父はどうせ所属政党への出勤前に毎朝歩いているのだから、と自分から子犬の散歩をかって出た。事実、すでに父は家の水槽に趣味の釣りで持ち帰ってきたタナゴやナマズや小ブナ、私が祭の屋台ですくった金魚を入れ、酸素を与えるポンプや水草まで買って育てていたし、それまでに私とリスを飼い、セキセイインコを飼い、羽根が折れて軒下に落ちていた雀を飼ったこともあった。むろん、子犬がかわいくて仕方なかったのでもあろう。ロビンは父にすっかり懐いていたのだから。犬の習性からすれば、父はたった一回の散歩で序列の最も上位についたのだった。

思えば子犬による革命が成し遂げられる前年の初冬、すでにK町の教会でも信徒会の序列に明らかな異変が起きていた。十数年そこに通い続け、他の信徒からの信頼も相応に培っていたケンスケ伯父が、ミサのあとの講話でグリ神父から遠回しに非難されるという珍事があったのだ。一九七七年のことだ。以来、伯父が周囲から敬遠されていくのが、十歳の私にもわかった。

世の不公平とわたしたちは戦わねばなりません、とグリ神父は今から再構成すればそんなことを言った。特に虐げられた者たちのために、と。それから幾つか、福音書の節を引用しただろう。私の横で聞いているケンスケ伯父が身を乗り出す様子を、これも記憶の再構成なのだろうか、私は肌に伝わってきた温度で覚えている。

けれども皆さん、とグリ神父は言った。わたしたちは、どなたかのような大声で過激派にまで神のご意志を見るわけにはまいりません。憐れみを感じ、社会的不均衡をただそうとする純真さを認めることは出来る。しかしそれが暴力をもって行われる限り、むしろわたしたちは彼らの前に無言で、ひとつの大声をあげることもなく、たちはだかるべきです。

左右で忍び笑いが起こった。グリ神父の揶揄が誰に向けられているかがわかったのだろう。また、「過激派」とその年の初冬に言えば対象は子供の私にさえ明らかだった。九月二十八日、日本赤軍——私などよりジュンコ・スタンジェ、北アフリカでのイスラム文化研究からパレスチナ支援活動へと重心を移していった君の方がよほどくわしいだろう。中東のベッカー高原を根拠地としていた日本の左翼組織だ——によるダッカ日航機ハイジャック事件が起きていたから。赤軍はパリ発羽田行きの航空機をジャックし、服役・拘留中の九名の釈放と、身代金十数億円を要求して、ほとんどこれを実現させていたから。

当時、そうしたテロを伯父が支持しているはずはなかった。なぜなら、所属している政党の青年教育機関は明確に反共産主義を打ち出していたのだし（子供の私もその方針を、伯父と父が特に総選挙の前後、コミュニズムの台頭を憂うような発言を繰り返すことで知っていた）、事実テレビニュースが事件を報道し、その後も検証だと言って新聞でも週刊誌でもテレビでも様々に赤軍の活動が取り上げられる中、日曜日のコーヒータイムに伯父は立ったままの私たちに向かって政府の弱腰を非難してもいたのだから。あそこで突入をしとかなきゃ今後も好き放題にされるぜ、と伯父は不思議にニヤリと頰を歪ませて笑った。あれは苦々しい思いをあらわす表情だったのか。それとも、自分の言葉に矛盾する心がわずかなりともあらわれたのか。いやそうした解釈は私に都合よく、過去の、もうしゃべることのない伯父を利用しているのに過ぎなかろう。

ただ、何度も何度も教会の簡素な長椅子でグリ神父をつかまえて低い声でしゃべっていた伯父はどうなるのだろうか。そのうちのひとつが例えば、タイチちゃんヒナコちゃんをもう日曜ミサに連れて来ないと宣言した日、つまり一九七四年の、やはり初冬のあの日曜日なのだ。偶然に過ぎないかもしれないことは重々承知の上で、私は同年の九月中旬にも「過激派」がオランダのハーグで人質をとってフランス大使館を占拠したこと、軍メンバーの解放と身代金要求をしたことを書いておかねばならないと思う（ジュンコ・スタンジェ、君がその数十キロ東にある都市ユトレヒトで生まれる前年のことだ）。

絶対に許すことの出来ないはずの思想犯たちの実力行使を、万が一伯父が完全には否定出来なかったのだとしたらなぜなのか。子犬にスタヴローギンという名前の半分を付けた人、何を話し合い続けたかはわからないがグリ神父から暴力容認だと厳しく非難された人、そのケンスケ伯父は決して若い頃から政治思想にくわしいわけではなかった。

旧制中学までは小説ばかり読んでいて、予科から進んだ大学での専攻はドイツ文学。語学が堪能だったことから、免状をとって英語教師の職についた。そのあと、労働運動にかかわって初めて伯父は独学で政治を学び、それを語るまでに至ったのだ、とこれは寡黙な父から聞いた話である。

だからこそなのか、伯父の言葉は実践的であり、繰り返される比喩には他では聞けない独特なものが混ざった。例えば「賃上げ空気的闘争」「大樹を逆さにして振る姿勢」「蜂の子を煎るような組織」「ダッコちゃんの目」などなど（ダッコちゃんは六十年代の日本を代表するビニールの黒いおもちゃで腕などにはめて歩くのが流行したのだが、腰蓑《こしみの》をつけた裸のアフリカ人らしき姿をしていたから、二十年ほどして差別性が問題にされたものだった。伯父はすでに流行当時、おもちゃが「植民地で活き活きと支配者に媚びざるを得ない者の目をさせられている」と繰り返し批判した。ひとつの見識ではあった。ただ、ヒナコちゃんが気に入ってよく腕につけていたことも、私は見せられた写真で知っている。ケンスケ伯父はそれを愛娘に買ってあげていたに違いないのだ。媚びた目を見開いたそのビニール人形を)。

青年教育機関のカリキュラム用に書かれた伯父の幾つかの著作に目を通す限り、それぞれの言葉の意味はわかるものの、得々と反復するほどの比喩とは思えないものがしつこいくらい多用される。一般性が希薄というか、アクが強いというか、一人で別な土台の上に立っている印象が強いのだ。けれど、同じフレーズがいったん伯父の口から発せられると言葉はまばゆく発光し、聞く者が酔ったように上気したのだった。私は一度、黒い車で迎えられた伯父のお供で遠い町の公民館に行ったから知っている。ハチマキをした若者たちはよく聞き、よく笑い、よくうなずいた。開放されたサッシ窓の前で日曜の午後、じっと話に耳を傾けている母や父のように。違いは若者たちが最後に立ち上がり、拳を突き上げてシュプレヒコールをすることくらいだった。

ケンスケ伯父の話上手はどこにいても変わらなかった。母の実家信州の屋敷に集まる祖母や伯母たち、つまり長男ケンスケ伯父の話に笑い転げ、共感し、感心した女性たちは特に、伯父が将来落語家になると真剣に思っていたそうだ。そして、そうはならなかった伯父のかわりに羽織を着て高座へ上がるだろうと目されたのが、夏休みの度に屋敷に長く滞在する私だった。

「まあ、Sちゃんのしゃべり方はケンスケ伯父《おい》ちゃんの若い頃にそっくりだえ」「話を大げさに面白くして。ケンスケの血かねえ」「Sちゃんが有名な落語家になってテレビに出たら、伯母ちゃんたちがうんと自慢するでね」

祖父から始まって次男ゲント伯父や甥といった男連中は少し違った。ケンスケ伯父の長広舌や大風呂敷、会話中にふんだんに混ぜられる外国語に、山国の者らしい濃い愛情から来る皮肉な冗談で反応したのである。たいていは私へのこんな評価を通して。「Sちゃんだけはケンスケみてえな口八丁になっちゃいけねえぞやい」「やいやい、えれえケンスケ派だな、Sちゃんは」「またSちゃんまでおかしな言葉をしゃべり出したうぇい。どういう遺伝でえ?」

だが、これは血を分けた親族ゆえのことに違いない。ケンスケ伯父の話は聞く者を引きつけた分だけ、陰湿な反発も受けた。それは母からもよく聞かされたことだった。故郷の町で親友も多かったが敵もいた。東京の組織の中でもそうだったらしいことは、父の口から漏れた。そして、私は幼くして教会でもそうであるのを感じた。

太って派手な格好をしていたサワキさんとその姪、長老格のミブさんという老婆、その他にもケンスケ伯父の周囲に近づいてくる女性たちは多かった。もちろん敬意を抱いてやまない男性陣、子供たちもいた。

反対に、白い教会の前では一緒になって話を聞くのだけれど、いざ輪を離れると「彼の未来予測はどうも楽観的だね」とか「ケンスケさんのヨブ記の話だけど、ありゃエレミア書のことじゃねえかな」「あの人は話してるうちに自分の話に呑み込まれるから」と言う人がいた。冗談めかしてはいたが、愛情が感じられないから親族たちの言葉とは異なって温かい笑いに結びついていなかった。

私にはある時期からのグリ神父が後者の、伯父に嫉妬めいた感情を含めた複雑な思いを持つ人の系列に連なっていたように思える。ケンスケ伯父自身は神父に素直な尊敬の念を持っていたし、信仰への好奇心を隠さなかった。けれど、やはりあの私が小学一年生の時の長椅子での談義、「今日グリ神父様がお話しになったことは、本当に正しいのかどうか。君たちはどう思う?」という言葉が発された頃から、神父は少しずつケンスケ伯父を遠ざけ始めたように、私は今さらながら感じるのだ。

そうでなければジュンコ・スタンジェ、長年にわたる低い声での伯父からの質問、神父の応答という積み重なりを、さも面白おかしく「どなたかのような大声で」などとからかって片づけるはずがないではないか。憲兵に殴られて以来聴こえないという左耳を外して長椅子の隅に置くような姿勢で、伯父はグリ神父の口元に反対側の耳を向け、自分の声もそちらの鼓膜で集中して聞いた。あんなに控えめな声でしゃべるケンスケ伯父を私は教会の外で見たことがなかった。

だから神父様は嘘をついている、と十歳の私は教会の湿った空気の中で思った。思って頰が熱くなるのを感じた。叫びたかった。伯父《おい》ちゃんは大声なんか出していない。ただし私には、そこから先がわからなかった。声の大きさは嘘にしても、「過激派にまで神のご意志を見る」という伯父が本当にいるのかいないのか。幾度となく外に待たされた間に続いていた低い声での問答が何に関するものであるかを小さな私は知りようがなかったのである。

しかし伯父の地位が失墜したことだけは確かであった。その日曜日以来、教会の前庭で伯父を待ちかまえるのは太ったサワキさんくらいで、その姪もミブさんも他のいつもの人々も建物の中に入ってしまっていた。そのサワキさんでさえ、それまでの伯父の話を一方的に聞いて楽しむ気はなく、間接的に正しい信仰の方へと伯父を導こうとするのか、暴力にかかわる新約聖書からの引用を二、三高い声で話した。伯父はニカッと笑って、サワキさん、それもいいけど俺の話も面白いぜとわざとだろうか政治の話を持ち出した。

　数回教会へ行ったあと、私は伯父を裏切った。まわりが醸し出す気まずさに耐えられなかった。何より、私は伯父が敬われていない場所にいることが出来なかった。平気で教会へ出かけて行く伯父が苦難に立ち向かう勇気に満ちていると感じたが、私には事態を改善する手だてがひとつもなかった。

　宿題が終わらないとか風邪気味だとか友達と勉強会をするとかクラスの行事だと、電話口——古い内玄関の靴棚の上に置かれた黒電話を私たちは使っていた。そのまま扉を開けて話せば伯父に直接聞こえただろう——で母に言ってもらうようになった。

　一度二度と欠席が続くと、もはや再び伯父のお供をするきっかけがなかった。私は罪悪感にさいなまれ、土曜の夜に電話が鳴るとまだ汲み取り式だった便所へ逃げた。そもそも伯父の家のサッシ窓の前を通る時、泥棒のように足音を忍ばせた。母は何があったのかと再三聞いた。私は、もう教会が面白くないと言った。ケンスケ伯父が変なことを言ったのか、と母が一度訊ねたことがある。私は一瞬、返事に詰まった。私になら何も言っていないが、神父に対してはわからなかったから。そして次の瞬間、大きく首を振った。

　やがて伯父は私を誘わなくなった。考えてみればその少しあと子犬は、つまり伯父の口ーギンは来たのだった。それはタイチちゃんヒナコちゃんへの贖罪ではない、とここまで来て私は思う。ローギンは、いやスタヴローギンは伯父から私への当てつけ、あるいは宣言、もしくは問いだったのではないか、と。だが、そのうちのどれであったにせよ、子供の私は何も受け取らなかった。受け取るはずもない。『悪霊』を読み、スタヴローギンを理解している十歳児など、世界にもまずいないのだから（ただ、伯父は子供相手だからといって自分の考えを平易にあらわし直すような人ではなかった。だから私の推測が合っているのだとしたら、犬の名の意味を受け取れなかった自分が愚かだったと本気で思う。私はケンスケ伯父の期待を二重に裏切った）。

　さらに、何も知らない子犬が親密な間柄での序列をもひっくり返してしまったわけなのだった。永遠の王であった伯父は、犬にとっては平民同然となり、逆に農奴のようだった私の父——どんな変化にも気づかなかった、人のいい男。あるいはすべてを黙って見ていたかもしれない人——が代わって序列の最高位に君臨したのだから。
ただ、伯父には伝えておきたかった。私自身も子犬革命で地位を落とした一人であることを。

　ロビンが来た年の冬の夜に話は移る。一階に建て増しされたひとつの部屋を私は与えられていた。内玄関の扉を開け、さらに正方形の狭いたたきの上でもうひとつの扉――薄い合板を貼って作った簡易的なものだった。ひょっとすると、それは父の日曜大工製品だったのかもしれない――を開ければ、すぐ先に私の勉強机があり、その左横にソファベッドの頭があった。ベッドの脇は出窓のような仕組みの長めの棚で、その上はガラス窓二枚。足元には大きなサッシ窓が二枚はまっていた。

今も私に聞こえるのは、ロビンが姿勢を変える度にかさかさいう音だ。爪がコンクリートに引っかかっていたのだろう。発育途中の犬を冬空の下、小屋には入れておけないというのがケンスケ伯父と父の合意であった（主に無自覚なままの犬の王である父の意向が強かった）。それで生後六ヶ月の子犬は私の部屋の横、玄関のたたきの上に敷かれた毛布にくるまって寝たのである。

内側の扉を開けておけばロビンをずっと見ていられた。だが、当時の建て付けでは玄関からの寒風は防げなかった。それは私の部屋を冷蔵庫並みに冷やした。

おまけに犬は臭かった。毎日の散歩で足が泥だらけになるが洗う場所もなく、ロビンも風呂を嫌がったから常におしっこが腹や内股の毛にかかったままの体でいた。そもそもドッグフードを食べる口がひどく臭った。その上、耳や体の毛がカールしながらどんどん美しく伸びるのを、私たちはくしけずろうとしなかった。雑種しか見たことがなく、思いもつかなかったのだ。体の毛は勝手により合わさってあちこちがフェルトの切れ端みたいになった。あわててブラシを買ってきたが、もう遅かった。固まった毛を切るしかなく、ロビンはつぎはぎだらけの毛の塊みたいになった。もう少しあとのことだが、左の耳の穴にできものが出来、汁がじくじく垂れてきたこともある。

そういう犬と私は、ほとんど同じ部屋で寝た。汚れた毛布とエサ皿、羽虫や蛾などがどうしても入ってしまうミルク入れは、私の勉強机やソファベッドとわずかな段差で並んでいた。風の冷たい夜、ロビンと私は毛布や布団を引き寄せ、睡魔が襲うまで互いに目だけ開いて相手を見やりながら体を硬くした。けものの匂いに満ちたそこは、私の部屋というより犬小屋に近かった。ロビンは私を序列の下に見ていて、夜ラジオを聞いたり、部屋を明るくして本を読んでいるのを唸り声でやめさせた。私には犬が許す範囲の自由しかなかった。

ロビンが亡くなるのは四年後、私が中学三年生になり、翌年には犬を連れて、これまた両伯父の援助によって近県の中古物件へ越すことに決まった秋口のことで、ジュンコ・スタンジェ、その様子を端的にでも君に伝えておきたい。いくら世話がずさんだったからといって、ロビンが不満だらけの生活を送っていたわけではないことをわかってもらえるだろうから。

その早朝も父は散歩に出た。そしていつもより早足で帰ってきた。ぐったりしたロビンを胸に抱えて。制服を着た坊主頭——日本の多くの公立中学高校では近年まで生徒の頭を軍人のように丸めさせていた。制服もまた、多くが海軍の軍服の名残りだ。しかも特に女生徒のそれが！——の私が通学のために家を出る少し前のことだった。

父の険しい顔を忘れることが出来ない。そして父の腕の中で薄目を開けて舌を出している毛むくじゃらのロビンの様子も。

紐を外さなければよかった、という父の言葉はそれからさらに六年ほどして、親戚一同が祖母の葬儀——一九八九年、祖父の死の四年後のことだった——のために信州の屋敷に集まった折、ケンスケ伯父に対してふと漏らされたものだ（私は伯父の強い薦めと紹介で入学したドイツの大学からその時期だけ帰ってきており、葬儀に出席して横の席で聞いていた）。そもそも父はロビンが散歩に慣れるとすぐ、首輪から紐を外してやっていたのだった。窮屈だろうからと言って。だからそれは散歩をしなければよかったとつぶやくようなものだった。伯父が喪服のまま大声で言ったのは次のようなことだ。

「せんないことだぜ、ツトムさ。あいつは満足してるら」

何も知らない遠い親戚の何人かは、伯父が実の母を「あいつ」と呼んだと思ったのだろう、やはり喪服のまま畳の上でこちらを見た。

父はその日、仕事の都合で短い散歩コースを選んだのだった。つまり、もうすっかりコンクリートのフタをされて、元がなんだったか町の私たちが忘れかけていたドブ川の横を通り、整地されて駐車場になった元の雑木林の前でフタの上を渡り、建て売り住宅が何棟も並ぶ中をロビンと共に悠々と進んだのだ。

古びた住宅街から銭湯のあたりを抜け、まだシャッターの閉まっている商店街、遠くに江戸川土手の見える一本道、校門が開くには早い時間の公立高校の先を左に折れた父とロビンは同じような形をした色とりどりの住宅の前を行き過ぎて、郵便ポストまでたどり着いたのだという。四年間の習慣通り、ロビンはそこで片足を上げ、小便をした。

いつもならポストをさらに左折するのだが、その日だけは違った。沿って歩いてきた二車線の道路をロビンは渡っていってしまい、父は理由がわからずにぼんやりと目で追うだけだったのだそうだ。ロビンは四本の足をしっかり伸ばした前傾姿勢で先を見た。野犬が一頭そこにいた、という。見たことのない老いた短毛の黒犬で、体のそこここが皮膚病ではげてまだらになっていた。何十年も先からタイムマシンに乗ってきたような、あり得ないほどの長い時を移動して老成したかに見える顔つきだった、と父はのちに私と母に話した。痩せていたが目に怒りがあった、とも。老犬は道路にうずくまる寸前の姿勢でロビンを見ていた。一方、ロビンがそちらを見ていたのかどうかがわからない、と私たちは父から聞いた。視界に何もないかのように首を左右に振り、鼻を泳がせてもいたのだ、と。

ロビン、ロビン。父は何度もそう呼んだ。父の命令をきかない犬ではなかった。なのに、ロビンは父に尻の穴を向けてじっと前を、江戸川土手の方を見ていた。

強引に連れて帰ろうと父は思った。道路を渡ろうとした。ロビンが振り返ったという。父は右手の公立高校の角からトラックが猛スピードで曲ってこちらに来るのに気づいていなかった。

ロビン。そう言って父は足を進めようとした。途端にロビン——固まった毛を体中にぶら下げた四歳の犬、雨の日はビニール袋を四本の足に輪ゴムで留めてまで散歩に出た私たちの家族、眠っていると捨てられたモップのように見え始めていた動物——が、父へと走り出したのだという。動きを止めて彼を待つ父の目の前で、ロビンはトラックの頭に腹をぶつけ、放り投げられるように郵便ポストの脇へ飛ばされた。

あいつが走って来なければ俺がはねられていた。すまねえことをした。だから、紐を外さなければよかったと父は言ったのだった。犬の死からずいぶん経った祖母の葬儀の間にもまだ、父は記憶をおそらくきわめて鮮明に蘇らせ、後悔の念にさいなまれた。ケンスケ伯父が「あいつは満足してるら」と言ったのは、その父を慰めるためだった。

その祖母の葬儀の際、大学三年生の私に伯父がドイツ語で幾つか話しかけてきたことも、ここに書いておくべきだろう。それをきっかけに私は、あの教会での一件から十年以上を経てもなお、ケンスケ伯父には計り知れない部分があることを知らされたのだから。

まず屋敷の北、旧道に面した玄関からケンスケ伯父はミエ伯母を連れて通夜の席へと進んだ。応接間を左に入った広間に横長で低いテーブルがふたつ並べられ、アルコール類とジュース、精進料理——君も知る通り、仏教徒のならわしとして人の死を見送る儀式中に動物の肉は避けられる——がその上に等間隔で置かれていた。すでに駆けつけていた私たち一家より奥の間の祖母の遺体に近いところに、濃い緑色の座布団が数枚あった。伯父は周囲の者に頭を丁寧に下げながら、祖母の前まで行って焼香をすませ、顔にかかっていた白い布をとって何分かじっと自分の母の顔を見たあと、胸の前で十字を切った。

それから迷わずあいていた座布団に腰を下すと、何年も会っていない私に向かって、ビス・ヴァン?と いきなり片言で聞き、曖昧に屋敷の中を指で差した。いつまでいるのか、と言っているのだった。私は ユーバーモルゲンと思わずドイツ語で答えた。あさってまで、と。伯父から語学の基礎テストを受けているような気がした。

伯父はさらにドイツ語で、ではあさっての朝、一緒に行きたい場所があると言った。私がただうなずくと、伯父もうなずき、そのあとは一切私に話しかけなかった。そして先に書いたように父と話し、屋敷を守ってきた弟ゲント伯父と言葉を交わし、屋敷の周囲の人々と話を続けた。

翌日、近くの山にある畑まで一人でメロンを取りにスクーターで出かけて転倒し、顎を擦り傷だらけにした私は、母や伯母たちに消毒され、ガーゼを貼られ、その上にマスクをかけさせられて(そうでないと弔問客に対してみっともない、と言うのだった。信州弁に忠実に言えば「みともない」と。「見たくもない」という言葉の古い形が残ったものだろう)本葬に立ち会い、祖母を荼毘に付し、骨を拾ったあと屋敷へ戻った。

ケンスケ伯父は姿を消していた。土地の有力者に話があると言って、骨壺を奥の間へ置いたきりどこかへ行ってしまったという話を、私はゲント伯父から冗談半分に聞かされた。

さらに翌日、早朝に玄関で鳴るクラクションによって私は起きた。あわてて長袖のTシャツとジーンズに着替え、唇の下から顎にかけての膿み始めた擦り傷――それは何本もの細かい溝に分かれており、中には小さな砂利が取りきれずに挟まってヒリヒリした――をガーゼとマスクで隠して出て行くと、玄関に頭を突っ込んだままのバンの運転席に還暦の伯父がおり、汚れて曇ったフロントガラスの向こうで私を待っていた。

開け放った窓からあの懐かしい声がした。

グーテンモルゲン！

私は頭を下げたが、言葉では答えなかった。子供扱いされているような気がしたから。

助手席に乗るとドアを閉める間もなく、伯父はバンを後退させ、ハンドルをぐるぐる回し、アクセルを踏んで旧道を山と私たち一族が呼び習わしている祖父の代からの所有地の方へ進んだ。ただし、伯父は山よりよほど手前の、江戸時代の門がそのまま残っているという旧家の前を過ぎると細い道を右に折れ、私と共にがたがた揺れながら山道を上がった。その道を、私は一度も行ったことがなかった。

何本か木を切り出して転がしてある場所で、伯父は車を止めた。あとは杉の木が並ぶ斜面しかなく、車は入れなかった。そこを伯父は黒長靴でどんどん登った。なんの説明もなかった。伯父は私がマスクをかけていることには一切触れなかった。見えていなかったのかもしれない。落ちた葉がふかふかして足に力が入った。木々の下枝や丈高い草が争うように伸びているのを、伯父は低木の幹から折り取った枝で叩き落とし、打ち払った。その度、羽虫や蛾が目の前に飛び立った。右から差してくる朝日が木々にあたり、光線が幾筋にも割れて広がって私たちを照らした。

息が切れて苦しくなる頃、伯父もふうと大きく息を吐いて振り向き、

「Sちゃん、ここせ」

と言って大きな眼鏡が動くほどニヤリとした。伯父は曖昧にあたりを指で示したが、何がここなのか、まったくわからなかった。ただ、斜めだった山肌がそのあたりだけ平らに近くなっていた。

「俺はゆうべマルサカに交渉をしただよ。元々、おじいちゃんの山だけんど、使わせてやってただもんで。俺の言う分だけはすっかり返《けえ》してくれ、あとはほんとにやるから金を出せと。これから開発でもっと値が上がるだでな。マルサカだって木で儲けるのは諦めてるら。東南アジアから安い木がぼんぼんと来るで。それでも野郎、慎重でなかなか首をたてにふらねえ。俺は実力行使さ」

そう言って伯父は肩から斜め掛けにしていた小さなバッグを杉の葉だらけの地面に投げ

捨て、薄手のジャンパーを脱いでまた地面に投げると、腰に下げたタオルを引き抜いて額と首の汗をぬぐった。マルサカというのは屋号で林業をしているらしく、仮蜜柑《かりみかん》家と古くから関係が深かった。

「俺はな、Sちゃん。ここに青少年の研修所を作ろうと思う。今の教育じゃダメだ。思想も実践も身につかねえ。信仰となったらなおさらさ。だから、そうさな、二階建てで二百平米はまず欲しい。中に祭壇があって、勉学の場があって、長く寝泊まり出来る部屋にベッドを並べてな、俺もここにじっとこもって人材を育成するだよ」

私は黙ったままでいた。伯父は還暦でなお、いや還暦ゆえにこそなのか、夢まぼろしのような構想を持っていたのだった。

上空から高い叫び声がした。見上げると猿が数匹、木の先をたわませて私たちを威嚇していた。葉ずれの音がし、枝が折れる音がした。私は動き回る猿の腹、赤らんだ乳首、黒い足の裏を怖じ気づくように見たが、伯父はいっこうに気にしていなかった。杉の葉がまとわりついたバッグを取り上げ、中から紫色のビニール紐をひと玉取り出すと、先端をある一本の木にぐるりと巻きつけて縛った。

「Sちゃん、これを伸ばしていってくれや」

紐の玉を私に持たせると、伯父は無言で腕を上げ、指を伸ばして方向を示した。怒りに震えるような猿の声が降ってくる中、山肌のでこぼこを歩き、伯父がもっと遠くもっと遠く右だ左だと言うまま紐を引っ張った。ある位置まで行くと、伯父はその木に紐をくっつけてくれと言った。言う通りにした。その木の上あたりへと猿は少し増えて集まった。

次にもう一辺を作るよう、伯父は私に指示した。

「マルサカにゃ、紐の分だけよこせと言っといたでな。Sちゃん、きちんとまっすぐにするだぞ。ごうつくで斜めに土地を取ったと言われてもいけねえに」

こうして、時間をかけて空中に紐で四角形を作らせた伯父は、少し上の北側斜面に移動して、自分の思い描く未来の施設の敷地を眉間にしわを寄せて見下ろした。恐ろしいのは猿ではない、とその頃には私も考えを変えていたし、猿はとっくにそれを察知していたのか、一匹残らず姿を消していた。

伯父は妄想に取り憑かれているのではないか。こんな紐を張って本当に何かになるのだろうか。それ以外の権利を売ってしまうと言ったけれど、ゲント伯父たち親族は知っていることなのか。研修所とは一体なんなのか。

最後に紐を縛った木の脇に立ち、私は伯父をじっと見て近づかなかった。南へ回った太陽が伯父の体の正面を輝かせていた。金色に光る体は輪郭を失い、細部は溶けて見えず、蒸発してなくなりそうだった。

光の真ん中から大声がした。

「Sちゃん」

私はためらってから、はいと返事をした。耳の悪い伯父には聴こえなかっただろうと思う。大声が続いた。

「俺は出来ると思うぜ」

がさがさいう音がして、伯父が降りてくるのがわかった。私は自分の考えが見透かされていたようで言葉がなかった。私は出来ないと思っていたから。妄想だとさえ、私は考えていたから。

伯父は私の前に戻った。バッグの中から手のひらにおさまるくらいの白いメモ用紙が出て来た。表に草書がかった達筆で何か書かれていた。横書きだった。マルサカに対する権利宣言だろうか。伯父はそれを透明プラスチックケースの中から取り出した虫ピンで、杉の木の幹に留めた。私は用紙の中央に寄った、癖のある文字を見た。

「神がもし存在しないなら、創り出す必要がある（ヴォルテール）」

背筋がさあっと冷たくなるのを私は感じた。伯父の考えていることの規模、形、奥行きがますます不明になった。私はまた試されていると思った。七歳のあの時以来。

伯父は屋敷に戻るまで無言だった。私も何ひとつしゃべらなかった。玄関にバンを突っ込むと、伯父はそのまま川の方向へ歩いていってしまった。

左手奥にある祖母の遺骨に一礼しながら涼しい応接間を通って居間まで行った。開け放たれた引き戸の手前の廊下に、母方の長女フキ伯母、通称下のおばちゃん——屋敷の下に祖父から土地をもらって家を建て、三人の子供を育てた人だった。それで一族から下のおばちゃんと呼ばれていた——とその妹、次女エイコ伯母が、白い半袖のブラウスにそれぞれ色の違うスカートをはいて横座りになり（フキ伯母は薄いベージュ、エイコ伯母は若緑色だった）、団扇《うちわ》をゆるゆる動かしていた。葬式ですっかり疲れたのだろう。表情に虚ろなものがあった。伯母たちの向こうの庭は昼の強い日差しにさらされており、風に揺れる椿の葉や大岩の表面などがあちこちまぶしく光った。

「あれまあ、Sちゃん。昨日はメロン、今朝はケンスケのお供かえ？　ご苦労様なこって」

フキ伯母が私の顔を見上げ、柔和な呆れ笑いをしてみせた。エイコ伯母は切れ長の目を細めて庭を眺めたまま黙っていた。どちらもケンスケ伯父の姉にあたる人だった。

「マルサカが山をくれるわけがないでね。あれはおじいちゃんが戦争の後、売っちまっただで」

笑顔をやめてフキ伯母は言った。エイコ伯母はどういうつもりかゆるやかに首を振り、高く尖った鼻からふんと息を出した。二人は前の晩にあったことをどうやらもう耳に入れているのだった。

「どうせまた教会のことずら」

とエイコ伯母は右の頰をかすかに引き上げて言った。フキ伯母はゆっくりうなずいた。

私は廊下より手前、居間の端あたりで影の奥に立ったままでいた。伯母たちはなぜそう思うのだろうか。私は屋敷の中で伯父が信仰の話をするのを聞いたことがなかった。そもそも二人は、ケンスケ伯父が今、どんな言葉を林の中にひらめかせているか知っているわけがなかろう。無神論のぎりぎり手前にいたヴォルテールの有名な言葉。伯父は理解しがたい。ドイツ西部の大学で神学に親しみ始めた私にさえそうなのだから、とうてい伯母たちにわかるはずがないと私は思った。どちらも信州の高校を出てすぐ東京に出て働き（フキ伯母は紡績会社、エイコ伯母は化粧品会社——とはいえ前身はやはり紡績会社であった

――の、それぞれ工場で）、数年後、見合いのために屋敷に帰ってきた人たちだった。

「Sちゃん、伯母ちゃんたちが話してやってなかったかねえ」

フキ伯母はよく磨かれた廊下の自分の横を団扇でトントンと叩き、私に座るよう促した。

「姉《ねえ》ちゃ、ケンスケのこと？」

エイコ伯母が庭から目を外して薄い唇を開いた。フキ伯母は吐き出すように答えた。

「ほれ、エイコ、教会に連れてったじゃあ」

「ああ、おばあちゃんがね」

「おばあちゃん？」

と私は思わずマスクの下から声を出した。傷が痛んだ。やっぱり知らないのか、というようにフキ伯母は笑った。エイコ伯母は奥の間の方へ顔を振り向けた。そこには白い布で覆われた箱があり、骨壺があり、中に祖母の骨があった（廊下からは見えなかったけれど）。祭壇の前に立てられた線香の香りが部屋を移動して届いていた。

私は一族の端っこにいる者として、それから一時間ほど屋敷の夏の廊下で伯母たちから聞き、ひとつひとつくっきりと記憶に刻んだ話に、あとから自分の調べたことを織り混ぜてここに記しておこうと思う。ジュンコ・スタンジェ、それは君のためでもあるはずだ。

ケンスケ伯父が生まれた一九二八年、屋敷の周囲にはたくさんのアネさん方——多くは冬の野麦峠を越えて厳しい条件の出稼ぎにやってきた飛騨高山の若い娘たちであり、明治近代化から第二次世界大戦前までの日本経済を支えたのはまさに彼女たち工女が厳しい労働環境下で作り出した生糸だったことは、アジア史レベルでの常識なのだ、ジュンコ・スタンジェ——がいた。そして中でも、屋敷のある土地の中小企業群こそが最も多くの上質な絹を作り出していた。エイコ伯母の無駄のない補足によれば、祖父のあり余るほどの財産は主に、この地元製糸工場への投資から始まったというのだったし、そもそも工場を建てる土地を祖父は安く提供したのだそうだ。

そこまで聞いて私は唐突に思い出したのだった。自分自身が見たことのある光景。ゴミ箱の上のトタンが自動的にはね上がるかのように、それが現れたのだ。

小学生の頃（つまり七十年代後半だ）、夏休みを過ごしている屋敷の崩れかけた塀——庭の南にある蔵の脇の通路を抜けた先、家畜小屋や農具入れの裏にある土塀だった——をよじのぼれば、隙間だらけの木造の細長い工場があり、湯気がもうもうとたつ釜のようなものが幾つも奥へ奥へと並ぶ前に、もんぺ姿で割烹着を着た（と私は記憶している）女たちが大勢立っていて、湯の中から何かを引っ張り出しては目の前のカギのようなものにそれを巻き付けていた。私語はひとつとしてなく、ただひたすら機械のガッシャンガッシャンという音がしていて、私は自分がのんびり遊んでいる夏の朝にも午後にもそれがえんえん続いていることが、時間を越えたもうひとつの、終わることのない世界のようで恐しかった。

事実、周囲の大人に工場のことを聞くと、そんなものはとうの昔になくなった、と笑われた。からかわれていたのだろうか。私は工女たちとその手元に延びる錯覚に近いほど細い光の糸を見た夜、度々うなされ、翌朝までに他人の布団の上におねしょをした。それなのに、ひと夏に数度はどうしても土塀に足を掛け、乾いた土をさらさら崩しながら私はまた、蚕の黒い（濡れてそう見えた）繭を煮る女たちを眺めるのだった。

ケンスケ伯父の子供時代には（つまりフキ伯母、エイコ伯母、ゲント伯父、そして末っ子である母の生まれ育った時代）、そうした工場が屋敷周辺のあちこちで音をたてていたのだろう。工女がぎっしりと住まう寮や、休日にそこからあふれてくる様子、出荷のあわただしい声、あるいは町に流れる生糸の値の乱高下の噂などなどが彼らの目の前を通り過ぎた。ただし伯父たちの物心がつく頃には、最も騒がしい時期は過ぎていたらしいのだけれど。

ある意味、ケンスケ伯父が生まれる前の年——一九二七年——がその騒がしさの頂点と言えるのではないか。日本の労働運動史にも残る争議が起きたのだから。工女千三百人が決起し、組合の公認や労働条件の改善を求めてストライキを実行したのだった。屋敷のある土地全体が殺気だっていておそろしかった、とこれは祖母がのちにフキ伯母たちに語ったことだそうだ（長女のフキ伯母でさえまだ四歳で自分では覚えがないと言った）。ビラをまく車や、ストに反対して銃を持って行進をする軍人が土地の道々に現れたという（木で作った模擬銃だったとのちのルポなどに書かれているが、祖母に本物との見分けはつかなかったのではないか）。新聞社の記者、政治家、労働運動家も遅れて土地に集まった。結局戦いは敗北に至り、争議団の幹部たちは拘束され、工女たちは散り散りになった。

おばあちゃんはそのうちの何人かをかくまっただえ、とフキ伯母は言った。おそらく蔵か、のちにその裏から私が製糸工場をのぞき見ることになる家畜小屋あたりではないか。牛や馬の尻の陰、藁や糞便や飼料の間。祖父に見つかることはあってはならなかった。彼は経営側の人間であり、その金で一族が裕福に暮らしていたのだから。フキ伯母たちはぬるい風吹く廊下で身をすくめる真似をしたが、かくまっている祖母の気持ちになっているのだか、工女たちに思い入れているのかわからなかった。

同じ一九二七年、屋敷から一、二キロ南へ行った場所にカトリック教会が出来ていたのは偶然だろうか。そもそも教会のメンバーは以前から付近の信徒の家で活動し、貧しい工女に救いを与えようとしていた。ようやく聖堂が出来、教会として認められた時、中には畳が敷かれていたという。働きづめの女たちが疲れに耐えながら休日の礼拝を行えるように。教会のシンボルは迫害者パウロの回心をすすんで受け入れた一人の聖人で、許すことの尊さが神父によって重ねて強調されたようだ。

そして、聖堂が出来る以前から祖母——まだ十代後半だが、すでに祖父と結婚していた——はそこに通っていたのだった。必ず屋敷から車を出して中に差し入れを積んで。自らは洗礼を受けることがなかったというから、ここでも祖母は工女を支援することを最大の目的としていたように思う。それはお告げによることだ、とフキ伯母は聞かされたことがあるそうだ。ただ、エイコ伯母は近所の大人が「あの家は工女をまるめこむのがうめえわ」と陰口を言うのを幾度か聞いたと付け加えた。

祖母は争議直後も、二年後の世界恐慌で製糸業が一気に輸出市場を失う間も、さらに二年後満州事変——日本の軍の工作により中華民国内で鉄道テロを起こし、それを口実に過去の我々は満州全土を占領した——もあって国内資本が軍需産業へと集中していく中、いまだ十分でない環境で糸を紡ぐ女たちへのみやげを携えて教会に行ったという。

「持って行ったのはお米や味噌だけじゃないえ。子供のケンスケも連れてっただもんで」

そう皮肉めかしたのはエイコ伯母で、フキ伯母は茶目っ気たっぷりに目を丸くし、どう考えてもおじいちゃんへの隠れ蓑《みの》だったわね、と言った。祖父は信仰にはおおらかで、というか祖母が宗教一般に興味を持つ人間であることを受け入れて暮らしていた。それどころか祖母の指示する株を優先的に買うこともあったという。自分の工場や企業を持たず、投資だけで儲けている祖父には、お告げもまた重要な情報だったに違いない。ただ、労働争議との密接な関係が予想される教会に祖母が通うことには、祖父にも体面上抵抗があったろう。そこで教会がケンスケ伯父の遊び場であるように祖母は振る舞った、とフキ伯母は言うのだった。

おじいちゃんはケンスケをかわいがってたでね、とエイコ伯母はいつの間にか冷えた麦茶をコップに入れて持ってきていて、それをフキ伯母と私に細い指で差し出しながら言った。あたしたちが二人とも女で生まれて、おじいちゃんはがっかりしてたっちゅうだもんで、とも。ほんのひと口だけ茶を飲んで、フキ伯母は確かあれはと言った。

「ケンスケが下等中学へ行く頃までかね。真珠湾攻撃のあとは無理だったで、あれが起きるまでは二人《ふたあり》で教会に行ってたわね」

「戦争になってすぐ、神父様からお別れにドイツ語の聖書と辞書を送ってもらったとかで、それでケンスケは戦争の間も人に隠れてグーテンなんとかって言い出してさ。だけど、あの神父様はドイツ人じゃなかったらしいでね。自分に読めないのをくれたんだって、従姉のハナエちゃが言ってたわ」

エイコ伯母はそこまで言ってフキ伯母を笑わせ（それは何度も語られてきた冗談だったろう。聞く者も何度となく笑ってきたのが私にはなぜかわかった）、あとは黙り込んだ。

こうして私はようやく、ケンスケ伯父という人の根っこを知った気がしたのだった。神への祈りと労働運動を、伯父は初めからセットにして覚えてしまったのに違いなかった。祖母の影響で。言語への興味も含めて、すべてはそのカトリック教会から来ていると伯母たちは考えていた。

「あの人はおばあちゃんが亡くなって、心底困ってるだよ。それで子供の頃に見た建物を作ろうと思ったじゃない？うちの山だとあたしたちに反対されるもんで、マルサカと組んだ話めかして」

フキ伯母は止めていた団扇をまたあおぎ出した。ただし脇に座った私に向けて。

「いくつになってもああだで」

とフキ伯母はまるで伯父が永遠に生き、自分もそれにいつまでも付き合わされるのだというようにつぶやいた。長い年月が急に伯母に覆いかぶさり、重く下降するかに思えた。セミが庭の柿の木から鳴き声を振動として響かせてきて、ぬるい南風がどろりと動いた。

「ね、面白い伯父《おい》ちゃんずら？」

とフキ伯母は時間に押し潰されないようにだろうか、顔を上げ、しかし目尻にしわをたくさん作って微笑《ほほえ》んだ。エイコ伯母はお灯明が切れちまうと言って立ち、団扇を廊下にぽとりと落として奥の間の方へ歩き出した。午後の光のオレンジ色が粒子になって庭の空気に入り込み始め、それは廊下にもただよってきていた。遠くからエイコ伯母の声が響いた。

「面白いもんかね。わしゃ、Sちゃんを巻き込んでもらいたくないえ」

その日、当のケンスケ伯父はもう屋敷に姿を現さなかった。ミエ伯母と二人で東京に帰ってしまったのだった。私は夕方、両親――彼らもまたてっきりケンスケ夫妻と新宿駅まで一緒に行くものだと思い込んでいた――と三人で上諏訪までタクシーで出ると、列車で自分たちの家へ戻った。K町でない場所へ。

それから二十年以上、私は伯父に会わなかった（帰国したことは何回もあり、ゲント伯父やエイコ伯母とは屋敷や諏訪湖周辺――そう、ジュンコ・スタンジェ、君が一度だけ私に連れられて日本を訪れたあの時を思い出しているのだ――で会ったにもかかわらず）。以後、山の中の研修所についての話も聞いたことはない。私が結んだ紫のビニール紐はどうなったのだろうか。あのまま今も風に吹かれているのか。ところどころ、猿に引きちぎられているのかもしれない。順当なところでは、マルサカの誰かによってとっくの昔に丁寧に始末されているに違いない。

ただ、伯父にまつわる噂だけは主に母からの手紙や電話で、ヨーロッパを転々としながら翻訳の仕事を続ける私に伝えられた。例えばタイチちゃんは内科医になり、眼科医の女性と結ばれて共同で医院を開業した。ヒナコちゃんは三十代半ばまで独身でいたが、やがて貿易会社を経営する御曹司と結婚して青森県弘前市へ行った。どちらの婚儀の席でも（お祝い事は一年の間に相次いだ）、伯父は当時話題になり始めていた郵政民営化を徹底批判するスピーチを十五分以上――母の時間感覚ではそうだった。同じ問題意識を持っていた父によるとせいぜい五分くらいのものだったらしい――行ったという。また、教育機関での秘書役の男に個人口座の金を全額おろされ、持ち逃げされたとも聞いた。伯父はへこたれるどころか怒ってさえいないらしかった。

そして二〇一〇年の秋、私はそれまでになく長い帰国――ある精神的な危機を迎えてのことだ――をし、東京の友人宅に居候した（英会話教室で稼ぎながら小説の翻訳をしているイギリス出身の男が借りている、首都中心部からずっと西にある二階建て一軒家の一階、ほとんど玄関の一部のような寒い部屋だった。まるでロビンと暮らしたような）。近県にある両親の家には一九九九年の帰国以来、狭苦しくて泊まりにくかった。とりわけジュンコ・スタンジェ、君が私たちの結婚以来五年間住んでいたモロッコのアパートからほとんど着の身着のままで姿を消し、二年以上の月日が経ってしまってから、私は父と母に改めて現状を説明する気がしなかった。

君は同じ研究グループの二人、スティーブ・オライエン、チャド・ワットと共に消えた。男二人と女一人でエジプトの広大な砂漠を渡り、厳戒のガザ地区へ潜入するのだという書き置きを見つけたのは、オランダのアルンヘムにいた私が（大学院で論文を書いたヤコプ・ベーメの神学ゆかりの地で趣味的に資料を漁りながら、借りた安い部屋でノンキにドイツ企業のパンフを英語に訳していたのだ。たまたまだが、君のお父さんの国の東端で）、君と連絡が取れないことをいぶかしんでモロッコに戻った日のことだった。ベッドの枕元の薄青い壁に、セロハンテープでたった一枚の白い手紙が貼ってあった。ガザの人々と共に歩み、そこで暮らし、出来る限り命を増やすのだ、彼らは奪われ過ぎているから、と落ち着いた筆跡でそこには君の決意が記されていた。こんな爆撃を許すことは出来ない、と。署名の下の日付には、二〇〇八年十二月二十九日とあった。

ガザ地区はまさにその前々日から、イスラエル軍によって四十年ぶりと言われる大規模な爆撃を受けていた（翌年の一月三日には地上侵攻が始まった。その時、君はどこにいたのだろう？）。戦闘機、無人爆撃機によってクラスター爆弾、白燐《はくりん》爆弾までもが落とされているると欧州では報道された。ジュンコ・スタンジェ、君がいてもたってもいられなくなったのは東京育ちの私にも理解出来る。だが、砂漠を抜けてガザに入ることなど、ことにあの『鋳《い》られた鉛《なまり》』作戦の最中にはあり得ない。それはどんなに君たちが望もうと無理なことだ。軍事国家の精鋭部隊にさえ不可能だろう。

その上、研究者仲間の二人、スティーブとチャドにはどちらも君との恋愛関係の噂があるのを、私は知っていた。一時は三人で毎晩寝ているとさえ、ある友人からのメールにあった。二人の男だけで交わるのに、君が嫉妬する夜もあるらしいと、同じ友人からの文面にはあり、私はジュンコ・スタンジェ、その噂好きの女性と即座に縁を切った。

だが、君は確かにその日からいない。二人の男の行方もわからない。君たちは本当に砂漠に消えたのだろうか。そしていったん海に出て封鎖されたガザにどこかからまんまと入ったのか。それとも私が知りようもないアフリカ大陸の内側、闇のずっと奥にでも安楽の地を作ってはいないか。ジュンコ・スタンジェ、それならそれではっきりと言ってくれたらよかった。私は君をほったらかして気ままな移動をしていた人間だった。だから何を言われても受け入れるしかなかった。正直なところ、君の行方不明を半年後に知った私の両親も、それは駆け落ちだろうと言った。お前が大切にしないからだと手紙には書いてあったが、電話口では君をよく思っていないように感じた。

ただ、二〇一〇年冬、体調を崩して緊急入院した八十二歳のケンスケ伯父だけは違ったのだ、ジュンコ・スタンジェ。

伯父は一時的な危篤を経て安静にしている、と母から月貸しのノキア——成田空港で借りたまま延長が続いていた——に連絡があったのは、その年の十一月初めだった。肺気腫で体力を落とした末に、伯父はK町の家の中で倒れ、救急車で区内の総合病院に運ばれたそうだった。一日で意識は取り戻したが、ミエ伯母は私の両親にもう危ないと思う、一度顔を見ておいてくれと言い、二人はすでにそうしたのだという。ガリガリに痩せた伯父はベッドに横たわり、ほとんどしゃべらなかったと母は私に伝えた。だからお前も急いで行っておいで、と。

病院の個室の、薄いクリーム色の引き戸は閉められていた。右横に細い名札入れがあり、そこにケンスケ伯父の名前が入っていた。私は母から連絡を受けた二日後の午後、そこを訪ねた。伯父側にはくわしいことを何も伝えていなかった。

引き戸の向こうから「あ、あー」という声がしていた。それはエレベーターを降りた時から、廊下の奥で聞こえた。まさか伯父の部屋からしている声だとは思わないまま、私は引き戸の前まで来たのだった。痴呆老人がわめいているのだと思っていた私は、伯父がリハビリか何かで重い物を持ち上げているのか、硬くなって動かない足を伸ばされてでもいるのだろうと考えを変えた。

左から右へと、引き戸は軽い力でレールの上を滑った。伯父に似た老人の顔が私の胸の高さにあった。老人は椅子に座って、まだ「あ、あー」と繰り返していた。その後ろに女性看護師がおり、ウサギの耳のように端のピンと立った白い帽子をかぶって、老人の背中をさすっていた。

「伯父《おい》ちゃん」

私はおずおずと呼びかけた。その時ようやく、パジャマ姿の伯父が移動式の便器に座り、点滴の袋を吊るした金属の棒に左手でつかまっているのがわかった。伯父は上を向き、ぽろぽろ涙を流していた。大きな眼鏡の向こうの両目から頰へと涙は太く細く流れを作った。腹に力を入れるために声を上げているのか、おまるに座らされて泣いているのか私にはわからなかった。引き戸を右から左へ閉めた。

その場に立ったままでいた。あの声は止まっていた。伯父が絶対に見せたくない姿を、私は見てしまったのだと思った。排便を。まして泣いているところを。

病室から声がした。

「Sちゃんけえ?」

逃げてしまいたかったが、私は引き戸を開けないまま、はいと返事をした。がさがさいう音がしばらく中でして、やがて伯父の大きなかすれ声が引き戸を震わせた。

「マナセさん、あれが俺の自慢の甥っ子さ。これが優秀な男でね、ドイツの大学を出て翻訳をやっておって。海外で本をたくさん出してるだよ。えれえ奴さ」

マナセさんは返事をしているのだろうが、伯父の声が大き過ぎて聞こえなかった。

伯父は私を呼んだ。私は戸を開けた。移動式便器はすっかり片づけられ、斜めに背を立てたベッドの上に伯父は寝ていた。つい数分前に見たものが信じられないほど落ち着いた様子で。

伯父の顔は痩せ細ってはいたが、ニカッと笑えば目にいきいきした輝きが宿った。マナセさんという中年の、あのウサギのような帽子の背の小さな女性看護師はそれからしばらく伯父の自慢話を聞かされたが、彼女がうまく席を外すと伯父は余計に大声になって、今度は私に話しかけ始めた。

「俺は八十二になってな、Sちゃん、初めてこうして入院というものをしただよ。そして我が国の老人医療制度、福祉のシステムというものがどれほどズサンかよくわかった。それでな、Sちゃん、俺は退院してまだ体が動くようなら、死ぬまでの時間をこの老人問題の解決に尽くす」

あの時、山で見た光る伯父がそのままベッドに横たわっているとも思ったし、フキ伯母の「いくつになってもああだで」と言った姿もぼんやりと頭に浮かんだ。だが、伯父はより「過激」になっていたのだった。

「俺は国会議事堂の前で石油をかぶって自分に火をつけて抗議をしてもいいと思ってる。それは自殺だろうか、Sちゃん。こんな老体を活かす方法が他にあるかい?」

皮肉な冗談と受け取ったが、伯父の目は真剣そのものだった。一度口をへの字に結んでから、伯父は続けた。

「ただし、まずは解決策の大筋が見出せなきゃいかん。一命を賭して問うに値する案を作るだ。もしも俺に出来なければ、君がやるだぜ。その時は君に任せる」

四十年ほど前、勝手に私に洗礼を受けさせた伯父は、また勝手に私の残りの人生の目標を決めていた。逆らわずに、はいとだけ答えた。すると、伯父はほんの少しだけ声の調子を抑えてこんなことを言った。

「俺は君のお母さんからジュンコさんのことを聞いた。ガザへ救援に向かったまま行方がわからねえそうだな。お母さんはそれが嘘ならいいと、この病室で言ってたぜ。それならどっかで元気にしてるということだで。女は女の命を大事《でえじ》にするら。しかし、俺は嘘じゃねえと思う。本当のことせ。そういう人間は世界中にいるだし、俺もそうしてえくらいだ。君のまわりにはな、Sちゃん、そんな連中ばっかり集まるのさ。そしてな、こうしてなかなか死なねえだ」

一気に、まさに一気に（何度も個室で練習していたかのように）伯父はまくしたて、言い終えると顔をあの笑いの形に割った。

そこから先、伯父はひとこともしゃべらなかった。枕元のサイドテーブルの一番上の引き出しを開け、伯父は筋とシミだらけの手で小さな一枚のメモ用紙を取り出して私に渡した。そして空になった手を振って、もう帰るよう指示した。

個室を出たあと廊下を歩きながら蛍光灯の下で見たメモには、ボールペンでの細い字の走り書きがあった。引用する。

「不幸なことに、ほとんどの人間は明瞭なビジョンや、美しいもの、畏れるべきものを知る確かな本能を鈍らせ、時には大人になる前に失ってしまう（レイチェル・カーソン）」

この伯父の、高名な女性海洋生物学者の綴った文章の訳はジュンコ・スタンジェ、まるで君にかわって君を弁護するかのようではないか。さらに言えば、ケンスケ伯父自身を。美しいもの、畏れるべきものを失わずにいる君たちは今も生き続けている。だが、ほとんどの人間には信じられないと伯父は私を、母を、君を悪く言う友人たちをからかっているかのようなのだった。

その日から伯父が亡くなるまで二ヶ月もなかった。

伯父は退院してZ町の家へ戻っていた。年を越して二〇一一年の一月末、ミエ伯母から私の母に電話があった。

ケンスケは自分の気力と体力の限界を見極めたと言ってます。伯母は淡々とそう話したそうだ。そして、伯父からの伝言が短く続いた。俺は世の中の荷物にはなりたくないので死ぬことにする。もう見舞いはいらない。

私の携帯電話の向こうで母は笑った。私も笑った。それはいかにもケンスケ伯父らしい別れの言葉だったから。伯父はしばらく死なないだろう、と私たちは思った。

しかし三週間後。老衰で息を引き取ったことを、私はやはり母からの電話で知った。早朝のことだった。もう母は笑わなかったし、おそらく私と同じ種類の感情に貫かれていたと思う。予告通りに亡くなることがそれほど威厳に満ちた行為だと、私たちは考えてもみなかった。

葬儀は前にも書いたように、柴又街道を越えたところにあるK町の小さなセレモニーホールできわめて小規模に行われた。あの教会ではなかった。棺桶の中に眼鏡を外した伯父が横たわっていた。そのまま起き出して、大きな声で演説を始めてもおかしくないほど安らかな顔をしていた。にんまり笑っているようにも見えた。白い花が周囲を埋めていた。

父が弔辞を読むことを私は知らずにいた。

ケンスケさん、あなたを先生と呼ばせて下さい。心の中でこれまで呼んできた通りに。

原稿用紙を大きな手の中に持って、父はまずそう言った。聞く者の多くが息をのみ、時間が止まるのを感じた。無口な私の父が伯父への感情を言葉にする姿を、私は生まれて初めて見た。他の列席者にとってもそうだったのだろう。七十八歳の父のずいぶん縮んだ背中から声が続いた。

先生、私は先生に多くを教わり、仰ぎ見てこれまで生きてきたのです。労働運動においてのみならず、義理の弟として、いや弟として、あるいはまた一人の人間として、私は先生なくして歩むことが出来ませんでした。先生の道を私の道とし、先生を目標としなければ私は、そしてたくさんのあなたの教え子たちは暗闇を行くことになっていたでしょう。

ミエ伯母が真っ黒な着物から白いハンカチを出して目を覆った。ずいぶん太ってしまったタイチちゃんも、痩せて白髪交じりの髪を喪服の肩に垂らしたヒナコちゃんもうつむいていた。母は父の頭上に飾られた伯父の写真をじっと見つめ、自分も何か口の中で言っていた。

本当なら、もう少し続いた父の感動的な弔辞をそのままここに引きたいのだけれど、原稿は直前に下書きもなく書かれ、そのまま棺桶の中に入れられたのだそうだ。父は弔辞を残す気などなかった。それはそうだ。贈られた言葉は最後まで伯父と共にあるべきだから。

棺桶を閉じる前、こんなにいたのかと思うほど多くのかわいらしい孫たちが、かわるがわる白い花を遺体の上に置き、こわがることなく伯父の額を触った。それぞれが爪先立ちをしながら、おじいちゃんとつぶやいて。さようなら、と言って。とても落ち着いて。

タイチちゃん、父、ヒナコちゃんの夫、私が中心になって霊柩車の中に棺桶を運んだ。伯父はそこから焼場へ行くが、家族だけで送ってくれと本人が望んだのだとミエ伯母が挨拶した。

私たち一家三人は、フキ伯母やその娘リョウちゃん――独身のリョウちゃんはフキ伯母を東京のマンションに引き取っていた――と一緒に黒光りする車を送り出そうとセレモニーホールの外に並んだ。雨が降っていて寒かった。私たちは係員にビニール傘を渡され、それをさした。息が白く変わった。

ミエ伯母は車に乗る直前、私に歩み寄ってバッグの中から白い小さなメモを一枚取り出した。伯父《おい》ちゃんから、と喪服の伯母はささやいた。

力こそ失せているものの、ケンスケ伯父の懐かしい字がボールペンで書かれていた。

Auf Wiedersehen!

また会おう、と伯父は言うのだった。

駅に向かう両親や従姉たちと別れて、雨の中、私は一人であの浮島のような正方形の区画へ行った。

自分が暮らしていた二階建ては伯父の古びた家越しに見えた。それはまだ廃屋のような形で残っていた。瓦があちこちはがれ、壁に穴が開いていた。処理し、整地する責任が私たち一家にはあるはずだった。私たちはまだ伯父に甘えていた。

痛いような胸を抱えて、ロッジ風の玄関を離れた。右隣の、かつて旧家のようだった家の生け垣の間から私と同じ年齢くらいの女性がやはり傘をさして出てきて、こちらを見るなりああと言って頭を下げ、御愁傷様ですと言った。

三十年経っても、私はその町で覚えられていた。

初出

どんぶらこ……………………………「文藝」2016年春号
蛾……………………………「三田文學」2014年春季号
犬小屋………………………「三田文學」2014年夏季号

いとう せいこう

1961年、東京都生まれ。早稲田大学法学部卒業。編集者を経て、作家、クリエーターとして、活字・音楽・舞台など、多方面で活躍。音楽活動においては日本にヒップホップカルチャーを広く知らしめ、日本語ラップの先駆者の一人である。アルバム『建設的』にてCDデビュー。著書に小説『ノーライフキング』『想像ラジオ』（第35回野間文芸新人賞受賞）『存在しない小説』『鼻に挟み撃ち 他三編』『我々の恋愛』、エッセイ集『ボタニカル・ライフ』（第15回講談社エッセイ賞受賞）、『小説の聖典〈バイブル〉』（奥泉光との共著）などがある。「したまちコメディ映画祭in台東」では総合プロデューサーを務める。

どんぶらこ

二〇一七年四月二〇日　初版印刷
二〇一七年四月三〇日　初版発行

著　者　いとうせいこう
発行者　小野寺優
発行所　株式会社河出書房新社
〒一五一―〇〇五一
東京都渋谷区千駄ヶ谷二―三二―二
〇三―三四〇四―一二〇一［営業］
〇三―三四〇四―八六一一［編集］
http://www.kawade.co.jp/

組　版　有限会社中央制作社
印　刷　株式会社亨有堂印刷所
製　本　大口製本印刷株式会社

ISBN 978-4-309-02558-2　Printed in Japan

河出書房新社　好評既刊

炸裂志

閻連科 著／泉京鹿 訳

市長から依頼された作家・閻連科は、驚異の発展を遂げた炸裂市の歴史、売春婦と盗賊の年代記を綴り始める。度重なる発禁にも関わらず問題作を世に問い続けるノーベル賞候補作家の大作。

アメリカーナ

チママンダ・ンゴズィ・アディーチェ 著／くぼたのぞみ 訳

高校時代に永遠の愛を誓ったイフェメルとオビンゼ。米国留学を目指す二人の前に、現実の壁が立ちはだかる。世界を魅了する作家による、三大陸大河ロマン。全米批評家協会賞受賞。

死せる魂

ニコライ・ゴーゴリ 著／東海晃久 訳

死んだ農奴の名義を買い集めるために全ロシアを旅するチーチコフを通じて十九世紀ロシアの底辺を描き出した巨編を俊英・東海晃久があざやかな訳文でよみがえらせる。